Regálame la sal

CW01511949

Con cariño
Para Marisa y Fco. Ja...
de un castellano y puro
español Je

Colección «EL POZO DE SIQUEM»
162

José Carlos Bermejo

Regálame la salud de un cuento

3ª edición

Editorial SAL TERRAE

Santander

© 2004 by Editorial Sal Terrae
Polígono de Raos, Parcela 14-I
39600 Maliaño (Cantabria)
Fax: 942 36 92 01
E-mail: salterrae@salterrae.es
www.salterrae.es

Con las debidas licencias
Impreso en España. Printed in Spain
ISBN: 84-293-1549-7
Dep. Legal: BI-1672-05

Ilustración:
Carmen Corrales
Diseño de cubierta:
Fernando peón <fpeon@ono.com>

Fotocomposición:
Sal Terrae – Santander
Impresión y encuadernación:
Grafo, S.A. – Bilbao

Índice

Los cuentos nn. 15 y 58 están tomados de *El canto del pájaro*,
  de Anthony de Mello (Sal Terrae, Santander);
los nn. 29 y 42, de *Círculos en el agua,* de Dolores Aleixandre
  (Sal Terrae, Santander);
el n. 30, de Francis Dorff;
el n. 31, de *El águila y la gallina,* de Leonardo Boff (Trotta,
  Madrid);
los nn. 32 y 41, de *Cuentos al amanecer,* de Mamerto
  Menapace (PPC, Madrid);
el n. 43, de Lucas Lafleur;
el n. 50, de *Leket,* de M. Buber (Hemed);
los nn. 51, 53, 55 y 57, de *Déjame que te cuente,* de J. Bucay
  (RBA, Barcelona);
el n. 52, de *Cápsulas motivacionales,* de A. Beauregard
  (Diana).

A mis queridos
Ana y Javier Álvarez,
con quienes he disfrutado
de muchos de estos cuentos.

Prólogo

En el principio existió el cuento.

Todos los pueblos sin excepción, en sus orígenes, han usado el cuento para explicar cómo fueron sus albores y quiénes eran sus gentes.

Las antiguas narraciones míticas que hablan de reyes justos, fundadores de largas dinastías y constructores de grandes o pequeños reinos, fueron compuestas en forma de cuento. Los relatos maravillosos que narran las hazañas de héroes, paladines y guerreros en defensa de su pueblo, muchas veces han llegado a nosotros en forma de cuento. ¿Y no son verdaderos cuentos esas leyendas mágicas que nos revelan cómo los pueblos, en sus comienzos o en momentos de grave dificultad, han sido ayudados por hadas, genios y demiurgos, aliados con los humanos en la búsqueda de la mejor solución para el problema?

Porque, digámoslo de entrada, los cuentos, además de explicaciones, aportan soluciones.

Mientras el niño escucha absorto el cuento que le hemos prometido, no sólo tranquiliza su cuerpo como preludio de un buen sueño; hace algo más: conecta directa y espontáneamente con los protagonistas de la narración y, a través de ellos, se abre a un mundo distinto, por encima y más allá del de sus juguetes cotidianos. El cuento es para el niño un caleidoscopio de infinitas posibilidades que le abre a un mundo sin fronteras en el que todo es posible.

Lo mismo le sucede al adulto. Éste sabe que el cuento no es un relato compuesto para pasar un rato distraído. El cuento, como se ha dicho y escrito tantas veces en estos últimos tiempos, es un instrumento privilegiado para transformar nuestras vidas. El adulto que se sumerge en la lectura de un cuento con lupa de observador, sin omitir detalle, además de encontrar en él parcelas de su propia historia personal, puede hallar en el transcurso del relato sorprendentes soluciones para los problemas de cada día, de cada época, de toda la vida.

Un libro de cuentos es como un mapa de carreteras; de todas las carreteras del mundo, sobre todo de las que conectan a las personas. Cada cuento, por su mensaje, te puede conducir a la meta que te propongas: basta elegir bien el destino y las vías. Éstas, sean principales o secundarias, para facilidad del viajero están entrelazadas; pero ahí radica también su inconveniente, ya que puedes perderte en los cruces. Pero, afortunadamente, en los cruces (en las situaciones de cruz) puedes recibir ayuda especial, pues hay una serie de cuentos compuestos para experiencias de laberinto vital, nudo o enredo interpersonal. Los cuentos están hechos para, entre otras cosas, consolidar y mejorar nuestras relaciones personales.

Un libro de cuentos es un hormiguero en hora punta. Las letras que componen el texto, moviéndose febrilmente como hormigas, te empujan dentro de ti mismo sin que tú puedas oponer resistencia a su cosquilleo. Antes de darte cuenta, ya estás siendo empujado por galerías secretas, a través de las cuales descubrirás profundidades y áreas de tu persona que tú mismo ignorabas. Te mostrarán capítulos de tu biografía que piden ser saneados. Te harán ver comportamientos y conductas que necesitan cambios radicales, quizás una conversión. Luego, las mismas hormigas u otras, es decir, otros cuentos, devolverán a la superficie, como pieles de semillas secas, los recuerdos vacíos, el sinsentido de muchas experiencias y los deshechos de tu memoria que no quieras retener. Sin ellos irás más ligero.

Un libro de cuentos es como una bandada de pájaros emigrantes que cruzan por el cielo de tu vida. Alzas la vista y los contemplas perfectamente alineados, siguiendo todos al guía. De pronto, uno se rezaga y pierde contacto. Luego, sin saber por qué, gira en redondo y vuela en dirección contraria. Fíjate en él, que no es ave de mal agüero. Ese pájaro rebelde puede portar un mensaje especial para ti. Te está diciendo que la vida es a veces rebeldía y no seguidismo facilón. Te está diciendo que no todo es como nos lo cuentan, que hay que aprender a mirar por debajo, por detrás y un poco más allá de lo que nos dicen. A tal efecto, hay cuentos que nos proponen un mundo al revés, en el que también pueden existir viejas hermosas, príncipes malos, lobitos buenos y piratas honrados.

Un libro de cuentos es un complejo vitamínico sin fecha de caducidad. Aunque los títulos de muchos cuentos vengan sonando desde hace siglos, su mensaje, sin embargo, trasciende el tiempo y se conserva fresco, juvenil, actualizado, apto para el hombre de cada época. El componente del mensaje de los cuentos es la sabiduría, que suele presentarse en diferentes formas: sensatez, ponderación, reflexión, prudencia... En algunas ocasiones puede contener una gota de locura para usarla cuando sea menester. Sus efectos, pues, son siempre beneficiosos y saludables para todos los sexos y edades, y jamás producen alergias. ¡Dichoso el hombre que encuentra la sabiduría!, proclama un antiguo proverbio. La sabiduría de los cuentos tiende a hacernos sabios y dichosos. La sabiduría de los cuentos nos humaniza.

Un libro de cuentos es...

Usted, amigo lector, puede comprobarlo, comenzado sin tardanza por el primero de los cincuenta y ocho cuentos de la presente antología que el doctor Bermejo ha seleccionado con pulcritud, dedicación y esmero.

Jesús Mª Ruiz Irigoyen

Introducción

Hace años que disfruto con los cuentos. Me hace feliz leerlos. He leído muchos antes de seleccionar los que he recogido en este libro. Los cuentos no son míos, yo no soy su autor. Considero que crear un cuento es un arte realmente difícil. Aunque recuerdo haber inventado algunos –¿y quién no?– para dormir a algunos niños que no conciliaban el sueño. Pero los que contiene este libro han sido recogidos y seleccionados de los más variados contextos y lugares. Pido perdón, pues, si algún autor siente que le plagio sus derechos.

Los que están aquí los he leído y leído... infinidad de veces. Algunos, si yo tuviera el arte de los cuenteros o cuenta-cuentos, podría repetirlos de memoria. Pero no sólo los he leído, ni los he leído solo. Los he compartido en los momentos más variados.

Tras recoger cientos de cuentos solicitados a amigos y conocidos de varios continentes, me han ido acompañando durante varios años. Los he leído en voz alta en la playa, con mis amigos; en largas esperas del aeropuerto, tras una conexión perdida; en la noche, bajo las estrellas, con alguna buena amiga; con varios enfermos terminales que me esperaban –al anochecer– para que se los leyera; en el barco, disfrutando de la brisa; con los alumnos, con ocasión de algunos temas que me parecía que quedaban bien ilustrados con uno de estos cuentos, por más sesudos que pudieran parecer los contenidos que pretendía ilustrar; en el «jeep», por senderos tortuosos de países lejanos y carreteras polvorientas; los he leído por teléfono y los he impreso para darlos a algunos enfermos o personas que sufrían por las más variadas causas.

En el fondo, siento que estos cuentos ya los he regalado muchas veces, después de que alguien me los haya regalado a mí. Y creo que con ellos me han entregado y he generado salud. Salud, sí, salud en el espíritu y, a buen seguro, también en el cuerpo.

Ya no sé cuántas veces habré contado algunos de estos cuentos –repetidos incluso, como suele ocurrir– a mis queridos Ana y Javier, de once y nueve años, hijos de mis amigos José Luis y Rosa. También mi amigo Roberto, psicólogo, ha usado muchos de ellos en terapia de grupo con personas mayores en la Residencia San Camilo.

Pero tampoco recuerdo la multitud de veces que he leído alguno de ellos, como «Ivar insatisfecho» (a propósito de la escucha), o «Los anteojos de Dios» (a propósito de la aceptación incondicional), o «La sabiduría de la anciana abadesa» (con ocasión de hablar de la integración de la propia vulnerabilidad), a los alumnos de numerosos cursos. Creo que son decenas de miles de alumnos los que me los han escuchado. Casi tengo la impresión de que no he dado un curso en los últimos diez años en los que no haya leído algún cuento. Y cada vez los utilizo más también en las conferencias. Creo, no obstante, que no están gastados; más aún, he notado cómo me los pedían: «cuéntamelo de nuevo», o bien: «dame una copia», como si de un bien o un «remedio» o «receta» o «medicina» se tratara y que necesariamente hubiera que compartir.

Y lo mismo daba que estuviera en la pequeña isla de Formentera o en la gran ciudad de Bombay, en Bogotá o en Roma (allí traduje algunos). Los cuentos no tienen fronteras, tienen un lenguaje universal, el lenguaje que toca el corazón, que entra en la intimidad y la evoca, la provoca, la convoca a una pequeña parada de escucha de sí mismo; es como si el cuento sacara una verdad de dentro que no se puede no escuchar.

Sí, un cuento puede ser recordado mucho más que mil explicaciones o razonamientos teóricos o planteamientos formales. En realidad, una buena manera de comprender un hecho sin vivirlo directamente consiste en hacerse una clara representación simbólica interior del suceso; pero es que el cuento es representación simbólica de sucesos o realidades que nos habitan a todos, que todos deseamos o tememos.

Recuerdo, por ejemplo, el bien que sentí que hacía el cuento «El águila y la gallina» cuando, en una entrevista por la radio en una Universidad de Colombia, yo pretendía reforzar valores de las personas de allí, en lugar de esperar que las soluciones y los recursos a los problemas personales y locales vinieran de fuera. Sé también cuánto bien ha hecho este cuento a muchas personas que se han sentido llamadas a ser águilas y se han identificado con su actitud de «gallina en el corral». Recuerdo también cuando lo utilicé en Guinea Ecuatorial, y una mujer reaccionó espontáneamente diciendo: «eso es lo que tenemos que hacer nosotros: creernos que podemos ser águilas».

Recuerdo el bien que me dijo que le hizo a aquel enfermo, uno de sus últimos días de vida, el cuento «El príncipe y el diamante». Creo que aún le dio tiempo a convertirse, antes de morir, en «genial lapidario» de su propio corazón. ¿Y cómo no voy a recordar a las personas que con ocasión de leer el cuento de «Paganini» se sentían invitadas a la responsabilidad personal en medio del desánimo? Y se hizo famoso durante meses y pasaba de mano en mano, en una asociación de enfermos, el de «Pelusas calientes».

Los cuentos son una forma literaria que puede sortear nuestras defensas y convencernos de las verdades que nos resistimos a ver o a escuchar. De hecho, tras escucharlo, algo en el corazón nos pide silencio para hacer eco al toque personal que ha producido en nuestro interior, para dar espacio a aquello que nos permite «caer en la cuenta»... de nosotros mismos. Con frecuencia, tras ese breve espacio de tiempo, deseamos otro, como quien, tras encontrar un tesoro, sueña con que está inconcluso y que aún hay más tesoro detrás, más abajo, algo más profundo, más íntimo aún.

Los cuentos hacen visible alguna dinámica del espíritu. Rompen la racionalidad pura y dura y permiten adentrarse en la sabiduría del corazón. Todos tienen una dimensión ética. De alguna manera, provocan la pregunta: ¿qué estás haciendo o qué debes hacer para ser feliz?

Cuando los cuentos son malos (a mi juicio), tienen un resabio de «¿Ves?, a los malos les va mal y pagan las consecuencias, y a los buenos les va bien y son felices», incluyendo una dosis de miedo para el que no hace el bien: miedo al castigo; y por eso generan culpa. He encontrado libros de cuentos que me producían este desagradable sentimiento. Como si se quisiera validar con ellos la doctrina de la retribución («el que la hace la paga») y provocar conductas buenas por la vía del miedo al castigo. Es un mecanismo perverso.

En cambio, los cuentos buenos están cargados del mensaje «haz el bien, porque ahí está la clave de la felicidad», porque disfrutarás haciéndolo. El mensaje es positivo. Se diría que contienen también esta conclusión: si te va mal en algo, admite la sospecha de que realmente lo que te sucede puede tener alguna clave de lectura que es capaz de contribuir a tu felicidad: quizá no seas rico, pero tal vez tengas la posibilidad de gozar de otras riquezas y estar libre de las esclavitudes a que se ven sometidos ciertos ricos (léase «El paradigma de la riqueza» o «La prueba del 99»). Quizá seas anciano o estés enfermo, pero tengas la posibilidad de descubrir y gozar de valores genuinamente humanos (léase «El corazón más bello» y «Parábola de las dos tinajas», por ejemplo).

No faltan aquellos cuentos que parece que podrían titularse: «¡Atento!». Como si tuviesen la misión de reclamar lo nuclear, lo realmente importante. Léase, en este sentido, «Buscando el tesoro», o «Cómo colocar las piedras», o «Rufino quería ver a Dios», o «El leñador trabajador», y otros. Parece que gritan: «¡Primero lo importante!». Y lo importante no es siempre una sola cosa o la misma. Lo importante son valores clave para la felicidad, como el autoconocimiento, la consideración de sí mismo como valioso, la familia, la autenticidad, el descanso, etc.

Yo creo que los cuentos reclaman siempre una cierta prudencia en la lectura de la propia vida y en la interpretación de la realidad que nos acontece. Algo así como si nos dijeran: «Mira que las cosas no son siempre como aparecen a primera vista»; o «No des por definitivo lo que ves superficialmente»; o «Déjale espacio a lo incontrolable, a lo que no depende de ti»... De alguna manera, invitan a trascender lo que vemos y tocamos, el aquí y ahora. Léanse, por ejemplo los cuentos «La escalera», «Ángeles viajeros», «Un hombre, su caballo, su perro y el cielo», y otros.

En todo caso, como las fábulas, todos los cuentos tienen su moraleja. Como decíamos más arriba, tienen su reclamo ético. De ahí viene la palabra «moral-eja»; tienen su reclamo-invitación a caminos saludables y su enseñanza. Pero si con el cuento se entrega la moraleja, como se hiciera con las más famosas fábulas de Iriarte y Samaniego, por ejemplo, el cuento se cerraría, no quedaría abierto a la interpelación personal. Así me ha sucedido con algunos cuentos, como «Extraños embarazos», que, leyéndolo en voz alta, más de una vez me han pedido la moraleja. Entonces, a continuación, yo les leía esta parábola de la sabiduría sufí:

El maestro sufí contaba siempre una parábola al finalizar cada clase, pero los alumnos no siempre entendían el sentido de la misma...

– Maestro, le encaró uno de ellos una tarde... Tú nos cuentas los cuentos, pero no nos explicas su significado...

– Pido perdón por eso, se disculpó el maestro. Permíteme que en señal de reparación te invite a un rico melocotón.

– Gracias, maestro, respondió halagado el discípulo.

– Quisiera, para agasajarte, pelar tu melocotón yo mismo. ¿Me lo permites?

– Sí, muchas gracias, dijo el alumno.

– ¿Te gustaría que, ya que tengo en mi mano el cuchillo, te lo corte en trozos para que te sea más fácil comerlo?

– Me encantaría... Pero no quisiera abusar de tu generosidad, maestro...

– No es un abuso si yo te lo ofrezco. Sólo deseo complacerte... Permíteme también que lo mastique antes de dártelo...

– No, maestro. ¡No me gustaría que hicieras eso!, se quejó sorprendido el discípulo.

– El maestro hizo una pausa.

– Si yo os explicara el sentido de cada cuento, sería como daros a comer una fruta masticada.

En efecto, el cuento hay que dejarlo abierto. Puede ser comentada su reacción a nivel personal y compartida la provocación, pero siempre ha de ser personal. Por eso, junto con los cuentos, ofreceremos algunas claves de lectura o de reflexión individual o en grupo. Pero saque el lector su gusto, su dimensión ética, déjese interpelar si lo desea, como camino hacia la felicidad.

En todo caso, una clave siempre útil es identificarse con cada uno de los personajes o situaciones. Porque en la vida uno se puede ver en todas. Pienso en el cuento de «El águila y la gallina» y cómo puede uno perfectamente tener un poco de águila, un poco de gallina, un poco de granjero y un poco de naturalista; y seguro que estamos llamados a ser naturalistas con nuestra gallina interior para despertar a nuestra águila interior. Lo mismo puede suceder con «El príncipe y el diamante»: uno mismo puede identificarse con el diamante, con la raya, con los joyeros especialistas... y, en el fondo, está llamado a ser el genial lapidario que hace de su propia negatividad fuente de positividad, que convierte las dificultades en recursos.

Y, como no podría ser de otra manera, hay en los cuentos un frecuente reclamo a la justicia y a la solidaridad. Reclaman la protección del débil, del empobrecido; confrontan la avaricia y el egoísmo; tienden a generar comunidad y lazos de fraternidad. Léase, por ejemplo, «La piedra de hacer sopa», y disfrútese su maravillosa capacidad de generar bien con pocos recursos; o mejor, con el recurso de la comunión y el compartir; o «La ciudad de los pozos», que puede permitirnos caer en la cuenta de los inconvenientes de acumular y de la grandeza de la libertad interior en relación a las cosas, que permite encontrarnos en nuestra fuente última, en Dios mismo. No falta el cuento que provoca la toma de conciencia de la dignidad intrínseca de todo ser humano, así como la dignidad de los actos que realizamos también en relación con la naturaleza cuando nuestras acciones saben respetarla. Léanse en esta clave «Una estrella de mar» o «Se venden cachorros», «La mitad de una manta» o «El tazón de madera».

Los cuentos son, en el fondo, una invitación a la empatía, a hacer el ejercicio de ponerse en el lugar del otro, de cada uno de los personajes, porque «también yo podría ser él y encontrarme en su situación». Leyéndolos, podemos hacer este ejercicio «con los músculos de la mente», para acceder así a la *sabiduría del corazón*.

Y los cuentos... ¿pueden ser fuente de salud? Sin duda. Si la salud es la experiencia de apropiación de toda la persona, del propio cuerpo, de la mente, de los sentimientos, la vivencia saludable de las relaciones y la sólida apoyatura en valores genuinamente nobles, entonces los cuentos pueden aportar salud en todas las dimensiones de la persona. Su lectura –como cualquier experiencia placentera– puede liberar endorfinas, serenar sentimientos crispados, promover la paz interior, provocar la revisión de las relaciones interpersonales, liberar de pesos molestos y cargas víricas en los motores de nuestras conductas. Los cuentos nos pueden hacer más felices en la salud y en la enfermedad, en cualquier momento de nuestra vida.

Quizá por eso, alguien ha escrito:

«De pequeño pedía a mi papá o mamá: "Cuéntame un cuento para dormirme". De joven pedía: "Cuéntame un cuento para aprender la esencia de la vida". De adulto pedía: "Cuéntame un cuento para no dormirme en la vida". Y de viejo te ofrezco "contar cuentos para enseñar la esencia de la vida"».

Quiero imaginarme este libro en manos de los más variados destinatarios; pero quiero también soñar con que unas personas se lo lean a otras en voz alta, a familiares, a enfermos, a personas mayores, a amigos. Pero con tono de cuento, porque, por encima del contenido, el tono melodioso, rítmico y sonoro de la lectura de los cuentos tiene ya un valor saludable para la relación. Comunica amor; y no digamos si, entre párrafo y párrafo, se cruza alguna mirada de complicidad.

1

La escalera

Un carpintero se puso un día a construir una escalera.

Pasó un vecino, vio lo que estaba haciendo y le dijo:

– Si me regalas un pequeño trozo, a mí me servirá mucho, y a tu obra casi no le perjudicará; ¿podrías regalarme un tramo de tu escalera?.

El carpintero se rascó la cabeza y se lo dio. El vecino se lo agradeció y se fue contento. Después vino otra persona y le explicó que, permitiéndole usar unos peldaños, trabajaría y alimentaría a sus hijos. El carpintero accedió y le regaló unos peldaños. El hombre se retiró contento y agradecido. El carpintero continuó trabajando en su obra.

Pasó por allí una pobre mujer y le pidió que le regalara un pedazo de madera, ya que le era urgente arreglar una pared de su casa por la que se colaba el viento. El carpintero accedió. La mujer se alejó contenta y agradecida. Vinieron muchos más, y el carpintero seguía accediendo. El invierno era duro, la miseria muy grande, y el carpintero daba a todo el mundo trozos de su escalera, aun para quemarlos como leña.

Y decía:

– No comprendo, mujer. Mi escalera es cada vez más chica y, sin embargo, ¡subo por ella al cielo y cada vez estoy más cerca!

– *Con quién comparto yo mis «trozos de escalera».*
– *Y si la escalera fuera yo mismo... ¿a quién me regalo?*
– *También yo necesito que otros me regalen trozos de sí mismos: ¿tengo quien lo haga?; ¿me dejo regalar?*

2

¿Podrías venderme una hora de tu tiempo?

La noche ya había caído. Sin embargo, un pequeño hacía grandes esfuerzos para no quedarse dormido; el motivo bien valía la pena: estaba esperando a su papá.

Los traviesos ojos iban cayendo pesadamente. Cuando se abrió la puerta, el niño se incorporó, como impulsado por un resorte, y soltó la pregunta que lo tenía tan inquieto:

– Papi, ¿cuánto ganas por hora? –dijo con los ojos muy abiertos.

El padre, molesto y cansado, fue tajante en su respuesta:

– Mira hijo, eso ni siquiera tu madre lo sabe; no me molestes y vuelve a dormir, que ya es muy tarde.

– Sí papi. Sólo dime cuánto te pagan por una hora de trabajo –reiteró suplicante el niño.

Tenso, el padre apenas abrió la boca para decir:

– Cuarenta euros.

– Papá, ¿ podrías prestarme veinte euros? –preguntó el pequeño.

El padre se enfureció, tomó al pequeño del brazo y con tono brusco le dijo:

– Así es que para eso querías saber cuánto gano, ¿no? ¡Vete a dormir y no sigas fastidiando, avaricioso egoísta!

El niño se alejó tímidamente, y el padre, al meditar lo sucedido, comenzó a sentirse culpable: tal vez necesita algo, pensó; y queriendo descargar su conciencia, se asomó a la habitación de su hijo y con voz suave le preguntó:

– ¿Duermes, hijo?

– Dime, papi –respondió entre sueños.

– Aquí tienes el dinero que me pediste.

– Gracias papi –susurró el niño mientras metía su manita debajo de la almohada, de donde sacó unos billetes arrugados–. ¡Ya lo tengo, lo conseguí! –gritó jubiloso-; ¡tengo, cuarenta euros! Ahora, papá, ¿podrías venderme una hora de tu tiempo?

– *¿Cómo gestiono mi tiempo?*

– *¿Es realmente mi escucha un regalo para quienes la necesitan... o me vendo caro?*

– *¿A quién podría yo prestar más atención?*

– *¿Me siento escuchado? ¿Me «narro» para dejarme escuchar yo mismo?*

3

Cicatrices de amor

En un caluroso día de verano, un niño decidió ir a nadar en la laguna detrás de su casa. Salió corriendo por la puerta trasera, se tiró al agua y nadaba feliz. No se daba cuenta de que un cocodrilo se le acercaba.

Su mamá, desde la casa, miraba por la ventana y vio con horror lo que sucedía. Enseguida corrió hacia su hijo gritándole lo más fuerte que podía. Oyéndola, el niño se alarmó y giró nadando hacia su mamá. Pero fue demasiado tarde.

Desde el muelle, la mamá agarró al niño por sus brazos justo cuando el caimán le agarraba sus piernecitas. La mujer tiraba de los brazos del niño con todas sus fuerzas. El cocodrilo era más fuerte, pero la mamá era mucho más apasionada, y su amor no la abandonaba.

Un hombre que escuchó los gritos se apresuró hacia el lugar con una pistola y mató al cocodrilo.

El niño sobrevivió y, aunque sus piernas sufrieron bastante, aún pudo llegar a caminar.

Cuando salió del trauma, un periodista le preguntó al niño si quería enseñarle las cicatrices de sus pies. El niño levantó la colcha y se las mostró. Pero entonces, con gran orgullo, se remangó las mangas y, señalando hacia las cicatrices en sus brazos, le dijo:

– Pero las que usted debe ver son éstas.

Eran las marcas de las uñas de su mamá, que habían presionado con fuerza en sus brazos.

– Las tengo porque mamá no me soltó y me salvó la vida.

- *¿Cómo es mi amor a los más próximos? ¿Y a los más necesitados?*
- *¿Me dejo querer, aun a riesgo de llevar conmigo las cicatrices del amor?*
- *¿Son mis amores fuente de salvación para los otros?*

4

El vuelo del halcón

Un rey recibió como obsequio dos pequeños halcones y se los entregó al maestro de cetrería para que los adiestrara.

Pasados unos meses, el maestro le informó al rey de que uno de los halcones estaba perfectamente, pero que al otro no sabía lo que le sucedía: no se había movido de la rama donde lo dejó desde el día en que llegó.

El rey mandó llamar a curanderos y sanadores para que vieran al halcón, pero nadie pudo hacer volar al ave. Encargó entonces la misión a miembros de la corte, pero sin resultado. Al día siguiente, el monarca pudo observar desde la ventana que el ave aún seguía inmóvil.

Entonces decidió comunicar a su pueblo que ofrecería una recompensa a la persona que hiciera volar al halcón. A la mañana siguiente, vio al halcón volando ágilmente por los jardines. El rey ordenó:

– Traedme al autor de este milagro.

Su corte rápidamente le presentó a un campesino. El rey le preguntó:

– ¿Tú hiciste volar al halcón? ¿Cómo lo hiciste? ¿Eres mago?

Intimidado, el campesino le dijo al rey:

– Fue fácil, mi rey. Sólo corté la rama, y el halcón voló. Se dio cuenta de que tenía alas y se echó a volar.

– Si el halcón que no volaba me representara, sería porque...

– ¿En qué rama he podido yo asentarme más de lo debido?

– Y si a mi lado hay halcones que no vuelan, ¿qué ramas podría yo contribuir a cortar?

5

Ángeles viajeros

Dos ángeles viajeros se detuvieron a pasar la noche en casa de una familia adinerada, cuyos miembros, bastante groseros, se negaron a hospedar a los ángeles en el cuarto de huéspedes de la mansión y les ofrecieron un pequeño espacio en el sótano, sobre cuyo frío y duro suelo se dispusieron los ángeles a pasar la noche. Pero, antes de dormirse, el ángel mayor vio un hoyo en la pared y lo reparó. Cuando el otro ángel, más joven le preguntó por qué lo hacía, el mayor le contestó:

– Las cosas no siempre son lo que parecen.

A la siguiente noche, los dos ángeles fueron a descansar en la casa de un granjero y su esposa, los cuales eran muy hospitalarios.

Después de compartir con ellos la poca comida que tenían, la pareja dejó a los ángeles dormir en su cama, donde pudieran tener una buena noche de descanso. Cuando el sol salió a la mañana siguiente, los ángeles encontraron al granjero y a su esposa llorando: su única vaca, cuya leche había sido su único sustento, había muerto en el campo.

El ángel joven se enfadó y le preguntó al mayor cómo había dejado que eso ocurriera:

– El primer hombre lo tenía todo y, aun así, lo ayudaste –le dijo–. La segunda familia no tenía nada, pero compartía amablemente lo que tenía, y tú dejaste que su vaca muriera.

El ángel mayor respondió:

– Las cosas no siempre son lo que parecen. Cuando

estuvimos en el sótano de la mansión, noté que había oro dentro del hoyo en la pared. Ya que el dueño estaba obsesionado con la avaricia y no compartía lo que tenía con los demás, sellé el hoyo para que no encontrara el oro. Anoche, mientras dormíamos en la cama de los granjeros, el ángel de la muerte llegó a por la esposa del dueño. En su lugar, le di la vaca. Las cosas no siempre son lo que parecen.

– *Puedo caer en la cuenta de que «las cosas no son siempre lo que parecen» en relación a...*
– *Quizá me cueste compartir o sea especialmente generoso en ciertas circunstancias...*

6

Una estrella de mar

Cierto día, caminando por la playa, reparé en un hombre que se agachaba a cada momento, recogía algo de la arena y lo lanzaba al mar. Hacía lo mismo una y otra vez. Tan pronto como me aproximé, me di cuenta de que lo que el hombre agarraba eran estrellas de mar que las olas depositaban en la arena, y una a una las arrojaba de nuevo al mar.

Intrigado, le pregunté sobre lo que estaba haciendo, y él me respondió:

– Estoy lanzando estas estrellas marinas nuevamente al océano. Como ves, la marea es baja, y estas estrellas han quedado en la orilla; si no las arrojo al mar, morirán aquí por falta de oxígeno.

– Entiendo –le dije–, pero debe de haber miles de estrellas de mar sobre la playa... No puedes lanzarlas todas. Son demasiadas. Y quizá no te des cuenta de que esto sucede probablemente en cientos de playas a lo largo de la costa. ¿No estás haciendo algo que no tiene sentido?

El nativo sonrió, se inclinó y tomó una estrella marina; y mientras la lanzaba de vuelta al mar, me respondió:

– ¡Para ésta sí tiene sentido!

– *Hacer cosas que aparentemente no producen, a mí me...*
– *¿Reconozco la dignidad intrínseca de cada «estrella» que me encuentro en la vida o quizá soy demasiado utilitarista?*
– *Cuando no se puede conseguir todo, yo...*

Los tres viejecitos

Al salir de su casa, una mujer vio a tres viejos de largas barbas sentados frente a su jardín. Ella no los conocía y les dijo:

— No creo conoceros, pero debéis de tener hambre. Por favor, entrad a mi casa para comer algo...

Ellos preguntaron:

— ¿Está el hombre de la casa?

— No —respondió ella—, no está.

— Entonces no podemos entrar —dijeron ellos.

Al atardecer, cuando el marido llegó, ella le contó lo sucedido.

— Entonces diles que ya llegué e invítalos a pasar —dijo el marido.

La mujer salió a invitar a los hombres a pasar a su casa.

— No podemos entrar en una casa los tres juntos —explicaron los ancianos.

— ¿Por qué? —quiso saber ella.

Uno de los hombres apuntó hacia otro de sus amigos y explicó:

— Su nombre es *Riqueza*.

Luego indicó hacia el otro y dijo:

— Su nombre es *Éxito*. Y yo me llamo *Amor*. Ahora ve adentro y decide con tu marido a cuál de nosotros tres deseáis invitar a vuestra casa.

La mujer entró en su casa y le contó a su marido lo que ellos le habían dicho.

El hombre se puso feliz y dijo:

– ¡Qué bueno! ¡Así que ése es el asunto...! Entonces invitemos a *Riqueza,* dejemos que entre y llene nuestra casa de riqueza.

Su esposa no estuvo de acuerdo:

– Querido, ¿por qué no invitamos a *Éxito*?

La hija del matrimonio estaba escuchando desde la otra esquina de la casa y vino corriendo con una idea:

– ¿No sería mejor invitar a *Amor*? Nuestro hogar entonces estaría lleno de amor.

– Hagamos caso del consejo de nuestra hija, dijo el esposo a su mujer. Ve afuera e invita a *Amor* a que sea nuestro huésped.

La esposa salió afuera y les preguntó a los tres viejos:

– ¿Cuál de ustedes es *Amor*? Por favor, que venga para que sea nuestro invitado.

Amor se puso de pie y comenzó a caminar hacia la casa. Los otros dos también se levantaron y lo siguieron. Sorprendida, la dama les preguntó a *Riqueza* y *Éxito*:

– Yo sólo invité a *Amor;* ¿por qué también vienen ustedes?

Los viejos respondieron juntos:

– Si hubieras invitado a *Riqueza* o a *Éxito,* los otros dos habrían permanecido afuera; pero ya que invitaste a *Amor,* donde quiera que él vaya, nosotros vamos con él. Donde quiera que hay amor, hay también riqueza y éxito.

– *Mi escala de valores en relación con el amor, el éxito y la riqueza es...*

– *¿Apuesto por el amor a costa de lo que sea? ¿Dónde pongo los límites?*

– *¿Es realmente desinteresada mi manera de amar?*

El niño y los clavos

Había un niño que tenía muy mal carácter. Un día, su padre le dio una bolsa con clavos y le dijo que cada vez que perdiera la calma debía clavar un clavo en la cerca de detrás de la casa.

El primer día, el niño clavó 37 clavos en la cerca. Pero poco a poco fue calmándose, porque descubrió que era mucho más fácil controlar su carácter que clavar los clavos en la cerca. Finalmente, llegó el día en que el muchacho no perdió la calma para nada y se lo dijo a su padre, y entonces éste le sugirió que por cada día que controlara su carácter debía sacar un clavo de la cerca. Los días pasaron, y el joven pudo finalmente decirle a su padre que ya había sacado todos los clavos de la cerca. Entonces el padre llevó de la mano a su hijo a la cerca de atrás.

– Mira, hijo, has hecho bien, pero fíjate en todos los agujeros que quedaron en la cerca. La cerca nunca será la misma de antes. Cuando dices o haces cosas con mal genio, dejas una cicatriz, como este agujero en la cerca. Es como meterle un cuchillo a alguien: aunque lo vuelvas a sacar, la herida ya quedó hecha. No importa cuántas veces pidas perdón: la herida está allí. Y una herida física es igual de grave que una herida verbal. Los amigos son verdaderas joyas a quienes hay que valorar. Ellos te sonríen y te animan a mejorar. Te escuchan, comparten una palabra de aliento y siempre tienen su corazón abierto para recibirte.

– *Las consecuencias de mi carácter, cuando no es el adecuado, las suelen pagar...*

– *Quizá puedo quitar «clavos» de alguna cerca en la que los tengo puestos desde hace tiempo...*

– *Cuando siento que soy víctima del mal carácter de otros, yo podría...*

Un hombre, su caballo, su perro y el cielo

Un hombre, su caballo y su perro caminaban por una calle. Después de mucho caminar, el hombre se dio cuenta de que los tres habían muerto en un accidente.

Hay veces que lleva un tiempo el que los muertos se den cuenta de su nueva condición. La caminata era muy larga, cuesta arriba, el sol era fuerte, y los tres estaban empapados en sudor y con mucha sed. Precisaban desesperadamente agua. En una curva del camino, avistaron un magnífico portón de mármol que conducía a una plaza calzada con bloques de oro, en el centro de la cual había una fuente de donde brotaba agua cristalina. El caminante se dirigió al hombre que desde una garita cuidaba de la entrada.

– Buen día, dijo el caminante.

– Buen día, respondió el hombre.

– ¿Qué lugar es éste tan lindo? –preguntó el caminante.

– Esto es el cielo, fue la respuesta.

– ¡Qué bueno que hemos llegado al cielo: estamos sedientos! –dijo el caminante.

– Usted puede entrar a beber agua a voluntad –dijo el guardián, indicándole la fuente.

– Mi caballo y mi perro también tienen mucha sed.

– Lo lamento mucho –le dijo el guarda–. Aquí no se permite la entrada de animales.

El hombre se sintió muy decepcionado, porque su sed era grande. Pero él no bebería, dejando a sus amigos con sed. De modo que prosiguió su camino. Después de mucho caminar cuesta arriba, con la sed y el cansancio multiplicados, llegaron a un sitio cuya entrada estaba marcada por un viejo portón semiabierto. El portón daba a un camino de tierra, con árboles a ambos lados que daban sombra. A la sombra de uno de los árboles, un hombre estaba recostado, con la cabeza cubierta por un sombrero. Parecía dormir.

– Buen día –dijo el caminante.

– Buen día –respondió el hombre.

– Estamos con mucha sed, yo, mi caballo y mi perro.

– Hay una fuente en aquellas piedras –dijo el hombre indicando el lugar–. Pueden beber a voluntad.

El hombre, el caballo y el perro fueron hasta la fuente y saciaron su sed.

– Muchas gracias –dijo el caminante al salir.

– Vuelvan cuando quieran –respondió el hombre.

– A propósito –dijo el caminante–, ¿cuál es el nombre de este lugar?

– Cielo –respondió el hombre.

– ¿Cielo? ¡Pero si el hombre de guardia junto al portón de mármol me dijo que allí era el cielo...!

– Aquello no es el cielo, aquello es el infierno.

El caminante quedó perplejo. Pero entonces dijo el caminante.

– Esa información falsa debe de causar grandes confusiones.

– De ninguna manera –respondió el hombre–. En realidad, ellos nos hacen un gran favor, porque allí se quedan los que son capaces de abandonar a sus mejores amigos.

– *¿Hasta dónde entiendo que la salvación, la superación de las dificultades... es «comunitaria»?*

– *¿Qué significa para mí «entrar en el cielo»?*

– *¿Con qué mentiras rechazo yo o impido a otros su «salvación»?*

10

Se venden cachorros

El dueño de una tienda estaba clavando sobre la puerta un letrero que decía: «Se venden cachorros». Letreros como ese atraen a los niños; y tan es así que un niño apareció bajo el letrero.

– ¿Cuánto cuestan los cachorros?

– Entre 30 y 50 euros –replicó el dueño.

El niño buscó en sus bolsillos y sacó unas monedas.

– Tengo 2,37 –dijo–. ¿Puedo verlos, por favor?

El dueño sonrió y dio un silbido, y de la perrera salió Lady, que corría por los pasillos de la tienda seguida de cinco diminutas bolas de pelaje plateado. Uno de los cachorros se retrasaba considerablemente detrás de los demás.

– ¿Qué pasa con ese perrito? –preguntó el niño señalando al cachorro que cojeaba rezagado.

El dueño de la tienda le explicó que el veterinario lo había examinado y había descubierto que no tenía la cavidad del hueso de la cadera. Siempre sería cojo. El niño se emocionó.

– Ése es el cachorro que quiero comprar.

– No tienes que comprar ese perrito –le dijo el dueño de la tienda–. Si realmente lo quieres, te lo daré.

El niño se molestó un poco. Miró directamente a los ojos del dueño de la tienda y, señalándolo con el dedo, dijo:

– No quiero que me lo regale. Ese perrito vale tanto como los demás, y pagaré todo su valor. Así es que le daré 2,37 euros ahora, y cincuenta céntimos mensuales hasta que lo haya pagado completamente.

– No creo que quieras comprar ese perrito –replicó el dueño–. Nunca va a poder correr ni jugar ni saltar contigo como los demás cachorros.

En ese momento, el pequeño se agachó y arremangó su pantalón para mostrar una pierna malamente lisiada, retorcida y sujeta por una gran abrazadera de metal.

– Bien –replicó suavemente el niño mirando al señor–, yo tampoco corro muy bien, y el cachorrito necesitará a alguien que lo entienda.

– *¿Aprecio a las personas y las cosas por sí mismas o por las apariencias?*

– *¿Reconozco la misma dignidad en quienes tienen discapacidades? ¿En qué se basa para mí la dignidad?*

– *¿Con qué discapacidades mías podría hacer yo las paces para acoger y apreciar a quienes tienen otras semejantes?*

El Sueño

Una vez, en el lugar más hermoso del universo, vivía un niño llamado *Sueño,* el cual anhelaba crecer y conocer otros mundos.

Sueño se entretenía por allá arriba, por las nubes, jugando y jugando todo el día.

Un día, *Sueño* se dio cuenta de que él no crecía como crecían sus amigos; además, empezó a sentirse muy débil y, poco a poco, perdió sus ganas de jugar.

De pronto, llegó un mensajero que llevaba consigo un maletín muy especial, el cual contenía alimentos para fortalecer y hacer crecer a *Sueño.*

Desde el mismo instante en que aquel mensajero llegó, *Sueño* empezó a sentirse mejor y mejor, ya que cada día aquel mensajero lo alimentaba con aquellos manjares.

Muchos caldos de constancia con fuerza, platos muy nutritivos de voluntad y trabajo, postres hechos a base de paciencia, fantásticos jugos hechos con decisión... y, lo más importante, tratándolo con mucha confianza.

Sueño creció y creció y llegó a dejar de ser *Sueño* para convertirse en *Meta,* y claro que siguió jugando, pero ya no por las nubes, sino aquí en la tierra, conociendo cada vez más mundos, como la felicidad y la satisfacción. Y un buen día *Meta* dejó de ser *Meta* y se transformó en *Realidad.*

- *Los sueños que alimento para que se conviertan en realidad son...*

- *¿He perdido la capacidad de soñar y tener esperanza en algún ámbito de mi vida?*

- *¿Con quién sueño y comparto los sueños para transformar el mundo?*

- *¿Qué alimentos pueden hacer que Sueño se convierta en Realidad?*

Las tres rejas

El joven discípulo de un filósofo sabio llega a casa y le dice a éste:

– Maestro, un amigo estuvo hablando de ti con malevolencia...

– ¡Espera! –le interrumpe el filósofo–. ¿Hiciste pasar por las tres rejas lo que vas a contarme?

– ¿Las tres rejas? –preguntó el discípulo.

– Sí. La primera es la verdad. ¿Estás seguro de que lo que quieres decirme es absolutamente cierto?

– No. Lo oí comentar a unos vecinos.

– Al menos lo habrás hecho pasar por la segunda reja, que es la bondad. Eso que deseas decirme ¿es bueno para alguien?

– No, en realidad no. Al contrario.

– ¡Ah, vaya! La última reja es la necesidad. ¿Es necesario hacerme saber eso que tanto te inquieta?

– A decir verdad, no.

– Entonces –dijo el sabio sonriendo–, si no es verdad, ni bueno, ni necesario, sepultémoslo en el olvido.

– *También yo me apunto a hablar mal de los demás, sobre todo...*

– *Contribuyo con la cadena de «maledicencia» sin pasar las cosas especialmente por la reja de...*

– *Y cuando hablan mal de mí, yo...*

Los mil espejos

Se dice que hace tiempo, en un pequeño y lejano pueblo, había una casa abandonada.

Un día, buscando refugiarse del sol, un perrito logró meterse por un agujero de una de las puertas de dicha casa. El perrito subió lentamente las viejas escaleras de madera y, al terminar de subirlas, se topó con una puerta semiabierta; lentamente se adentró en el cuarto. Para su sorpresa, se dio cuenta de que dentro de ese cuarto había mil perritos más, observándolo tan fijamente como él los observaba a ellos.

El perrito comenzó a mover la cola y a levantar sus orejas poco a poco. Los mil perritos hicieron lo mismo. Luego sonrió y le ladró alegremente a uno de ellos. El perrito se quedó sorprendido al ver que los mil perritos también le sonreían y ladraban alegremente con él. Cuando el perrito salió del cuarto, se quedó pensando para sí: «¡Qué lugar tan agradable! ¡Voy a venir muchas veces a visitarlo!».

Tiempo después, otro perrito callejero entró en el mismo lugar, pero, a diferencia del primero, al ver a los otros mil perritos, se sintió amenazado, ya que creía que lo miraban de manera agresiva. Luego empezó a gruñir y, naturalmente, vio cómo los mil perritos le gruñían a él.

Comenzó a ladrarles ferozmente y los otros mil perritos le ladraron también. Cuando este perrito salió de allí pensó: «¡Qué lugar tan horrible es éste! ¡Nunca más volveré a entrar aquí!».

En la portada de aquella casa había un viejo letrero que decía: «La casa de los mil espejos».

– *Es fácil que allí donde voy me encuentro lo que llevo, particularmente...*

– *El entorno donde más dificultad experimento para añadir el bien es...*

– *Me siento especialmente confrontado en los espejos que me devuelven mis sentimientos de...*

La mitad de una manta

En una humilde casa vivía un hombre con su mujer, su padre y su hijo, que todavía era un bebé. El abuelo no hacía prácticamente nada, pues estaba demasiado débil para trabajar. Se limitaba a comer y a fumar, sentado a la puerta. Entonces el hombre decidió sacarlo de la casa y abandonarlo a su suerte en las calles, como a veces se hacía, en las épocas más duras, con las bocas inútiles.

La esposa intentó interceder en favor del anciano, pero fue en vano.

– Como mínimo, dale una manta –dijo ella.

– No. Le daré la mitad de una manta. Eso es suficiente.

La esposa le suplicó y, finalmente, consiguió convencerlo para que le diese la manta entera. De repente, en el momento en que el viejo estaba a punto de salir llorando de la casa, se oyó la voz del bebé en la cuna. Y el bebé le decía a su padre:

– ¡No! ¡No le des la manta entera! Dale sólo la mitad.

– ¿Por qué? –preguntó el padre anonadado, acercándose a la cuna.

– Porque –contestó el bebé– yo necesitaré la otra mitad para dártela a ti el día en que te eche de aquí.

– *Siento que los mayores son considerados menos en...*
– *Podría aprender de los mayores si me pusiera en su lugar.*
– *Si soy mayor, podría compartir mi experiencia de manera saludable con los más jóvenes...*

Cruzando el río

De camino hacia su monasterio, dos monjes budistas se encontraron con una bellísima mujer a la orilla de un río. Al igual que ellos, también ella quería cruzar el río, pero éste bajaba demasiado crecido. De modo que uno de los monjes se la echó a la espalda y la pasó a la otra orilla.

El otro monje estaba absolutamente escandalizado, y por espacio de dos horas estuvo censurando su negligencia en la observancia de la Santa Regla: ¿Había olvidado que era un monje? ¿Cómo se había atrevido a tocar a una mujer y a transportarla al otro lado del río? ¿Qué diría la gente? ¿No había desacreditado la Santa Religión?

El acusado escuchó pacientemente el interminable sermón. Y al final estalló:

– Hermano, yo dejé a aquella mujer en el río. ¿No eres tú quien la lleva ahora?

- *Me obsesiona el cumplimiento de algunas normas...*

- *Hay cosas que hago simplemente por cumplir...*

- *Me importa más cumplir que el sentido de las normas en...*

- *¿Qué puede justificar para mí saltarme las indicaciones de los valores?*

El paradigma de la riqueza

Un hombre muy rico llevó a su hijo a hacer un recorrido por sus tierras con el propósito de que el hijo, al ver lo pobre que era la gente del campo, comprendiera el valor de las cosas y lo afortunados que eran ellos.

Estuvieron por espacio de todo un día y una noche en una granja de una familia campesina muy humilde.

Al concluir el viaje, y de regreso a casa, el padre le preguntó a su hijo:

– ¿Qué te pareció el viaje?

– Muy bonito, papá.

– ¿Viste qué pobre y necesitada puede ser la gente?

– Sí.

– ¿Y qué aprendiste?

– Vi que nosotros tenemos un perro en casa, y ellos tienen cuatro. Nosotros tenemos una piscina de veinticinco metros, y ellos tienen un riachuelo que no tiene fin. Nosotros tenemos unas lámparas importadas en el patio, ellos tienen las estrellas. Nuestro patio llega hasta el borde de la casa, el de ellos se pierde en el horizonte. Especialmente, papá, vi que ellos tienen tiempo para conversar y convivir en familia. Tú y mamá tenéis que trabajar todo el tiempo, y casi nunca os veo.

Al terminar el relato, el padre se quedó mudo, y su hijo agregó:

– ¡Gracias, papá, por enseñarme lo ricos que podríamos llegar a ser!

– *Quizá puedo aprender todavía de los más pobres que...*

– *Podría liberarme de algunas cosas que me esclavizan.*

– *Mis pobrezas tienen nombre de...*

17

El tazón de madera

El abuelo se fue a vivir con su hijo, su nuera y su nieto de seis años. Ya las manos le temblaban, su vista se nublaba, y sus pasos flaqueaban.

La familia completa comía junta en la mesa, pero las manos temblorosas y la vista enferma del anciano hacían de la alimentación un asunto difícil. Los guisantes caían de su cuchara al suelo, y cuando intentaba coger el vaso, con frecuencia derramaba la leche sobre el mantel.

El hijo y su esposa se cansaron de la situación. Entonces dijo el primero:

– Tenemos que hacer algo con el abuelo. ¡Ya basta! Se le cae la leche, hace ruido al comer y tira la comida al suelo.

Así fue como el matrimonio decidió poner una pequeña mesa en una esquina del comedor, donde el abuelo comía solo mientras el resto de la familia disfrutaba de la mutua compañía, a la hora de comer. Como el abuelo había roto uno o dos platos, su comida se la servían en un tazón de madera. De vez en cuando lo miraban y podían ver una lágrima en sus ojos mientras estaba allí, sentado solo. Sin embargo, las únicas palabras que la pareja le dirigía eran frías llamadas de atención cada vez que dejaba caer el tenedor o la comida.

El niño de seis años lo observaba todo en silencio.

Una tarde, antes de la cena, el papá observó que su hijo estaba jugando con unos trozos de madera en el suelo.

Le preguntó dulcemente:

– ¿Qué estás haciendo?

Con la misma dulzura el niño le contestó:

– ¡Ah! Estoy haciendo un tazón para ti y otro para mamá, para que cuando crezcáis, comáis en ellos.

Sonrió y siguió con su tarea. Las palabras del pequeño golpearon a sus padres de tal forma que se quedaron sin habla, mirándose el uno al otro. Las lágrimas rodaron por sus mejillas; y aunque ninguno de los dos dijo nada al respecto, ambos sabían lo que tenían que hacer.

Aquella tarde, el hijo tomó gentilmente de la mano al abuelo y lo llevó de vuelta a la mesa de la familia. Para el resto de sus días, el abuelo presidió la mesa en aquel hogar. Y, por alguna razón, ni el esposo ni la esposa parecieron molestarse ya, nunca más, cada vez que el tenedor se caía, la leche se derramaba o se ensuciaba el mantel.

– *También a mí me cuesta aceptar los límites de...*

– *Y a las personas mayores las veo...*

– *Si me pongo en el lugar de los demás, entonces comprendo...*

18

Con qué ojos miramos

Dos hombres, ambos seriamente enfermos, ocupaban la misma habitación de un hospital. A uno de ellos se le permitía sentarse en su cama durante una hora cada tarde para ayudar a drenar los fluidos de sus pulmones. Su cama estaba junto a la única ventana de la habitación. El otro hombre debía permanecer todo el tiempo tendido sobre la espalda. Los hombres hablaban, durante horas y horas, acerca de sus esposas y familias, de sus hogares, sus trabajos, su servicio militar, de cuando habían estado de vacaciones...

Cada tarde, el de la cama cercana a la ventana, el que podía sentarse, se pasaba el tiempo describiendo a su compañero de habitación las cosas que podía ver desde allí. El hombre en la otra cama comenzaba a vivir, en esos pequeños espacios de una hora, como si su mundo se agrandara y reviviera gracias a la actividad y el color del mundo exterior. Se divisaba desde la ventana un hermoso lago, cisnes, personas nadando y niños jugando con sus pequeños barcos de papel. Jóvenes enamorados caminaban abrazados entre flores de todos los colores del arco iris. Grandes y viejos árboles adornaban el hermoso paisaje.

Como el hombre de la ventana describía todo esto con todo lujo de detalles, el hombre de la otra cama podía cerrar sus ojos e imaginar tan idílicas escenas. Una cálida tarde de verano, el hombre de la ventana le describió un desfile que pasaba por allí. A pesar de que el otro hombre no podía escuchar a la banda, sí podía verlo todo en su mente, pues su compañero lo representaba todo con palabras muy descriptivas.

Pasaron días y semanas. Un día, la enfermera de mañana llegó a la habitación llevando agua para el baño de cada uno de ellos. Al descubrir el cuerpo del hombre de la ventana, observó que había muerto tranquilamente en la noche mientras dormía. Ella se entristeció mucho y llamó a los compañeros del hospital para sacar el cuerpo. Tan pronto como lo creyó conveniente, el otro hombre preguntó si podría ser trasladado cerca de la ventana. La enfermera estaba feliz de realizar el cambio. Cuando lo hubo cambiado, lo dejó solo.

Lenta y dolorosamente, se incorporó apoyado en uno de sus codos para tener su primera visión del mundo exterior. Finalmente, tendría la dicha de verlo por sí mismo.

Se estiró para mirar por la ventana. Lentamente giró su cabeza y, al mirar, vio una pared blanca. El hombre preguntó a la enfermera qué pudo haber obligado a su compañero de habitación a describir tantas cosas maravillosas a través de la ventana.

La enfermera le contestó que aquel hombre era ciego y que de ningún modo podía ver esa pared, y que quizá solamente quería darle ánimos.

— *Mi creatividad para ayudar a los que están a mi lado podría llevarme a...*

— *También en medio de mis dificultades puedo ser de ayuda para los demás en...*

— *Acepto la ayuda de quienes, desde su pobreza, se ofrecen a mí...*

La isla de los sentimientos

Érase una vez una isla donde habitaban todos los sentimientos: La *alegría,* la *tristeza* y muchos más, incluyendo
el *amor.* Un día se avisó a los moradores de que la isla se
iba a hundir. Todos los sentimientos se apresuraron a salir
de la isla, se metieron en sus barcos y se preparaban a partir, pero el *amor* se quedó, porque quería quedarse un rato
más con la isla que tanto amaba, antes de que se hundiese.

Cuando, por fin, estaba ya casi ahogándose, el *amor* comenzó a pedir ayuda. En eso venía la *riqueza,* y el *amor* le dijo:

– ¡*Riqueza,* llévame contigo!

– No puedo, hay mucho oro y plata en mi barco, no
tengo espacio para ti!

Entonces le pidió ayuda a la *vanidad,* que también
pasaba por allí.

– ¡*Vanidad,* por favor, ayúdame!

– No te puedo ayudar, *amor.* Tú estás todo mojado y
vas a arruinar mi barco nuevo...

Entonces el *amor* le pidió ayuda a la *tristeza:*

– *Tristeza,* ¿me dejas ir contigo?

– ¡Ay, *amor*! Estoy tan triste que prefiero ir solita.

También pasó la *alegría,* pero ella estaba tan *alegre* que
ni oyó al *amor* llamar. Desesperado, el *amor* comenzó a
llorar. Entonces fue cuando una voz le llamó:

– Ven, *amor,* yo te llevo.

Era un viejecito, pero el *amor* estaba tan feliz que se le
olvidó preguntarle su nombre. Pero al llegar a tierra firme
le preguntó a la *sabiduría:*

– *Sabiduría,* ¿quién era el viejecito que me trajo aquí?

La *sabiduría* respondió:

– Era el *tiempo*.

– ¿El *tiempo*? Pero ¿por qué sólo el *tiempo* quiso traerme?

La *sabiduría* respondió:

– Porque sólo el *tiempo* es capaz de ayudar y entender a un gran *amor*.

– *El modo en que amo se puede describir con otros sentimientos que lo acompañan...*

– *¿Qué significa para mí que el amor sea «sabio» y «que necesita tiempo»...?*

– *Puede que algunas veces deje o haya dejado morir el amor a causa de...*

20

Una competición de sapos

El objetivo era llegar a lo alto de una gran torre.

Había en el lugar una enorme multitud de gente dispuesta a vibrar y gritar por ellos.

Comenzó la competición.

Pero como la multitud no creía que pudieran alcanzar la cima de aquella torre, lo que más se escuchaba era:

– ¡Qué pena! Esos sapos no lo van a conseguir, no lo van a conseguir...

Los sapitos comenzaron a desistir.

Pero había uno que persistía y continuaba subiendo en busca de la cima.

La multitud seguía gritando:

– ¡Qué pena, no lo van a conseguir!

Y los sapitos estaban ya dándose por vencidos... salvo aquel sapito, que seguía y seguía tranquilo, y ahora cada vez más con más fuerza.

Ya llegando el final de la competición, todos desistieron, menos ese sapito, que curiosamente, en contra de todos, seguía y pudo llegar a la cima con todo su esfuerzo.

Los otros querían saber qué le había pasado.

Un sapito fue a preguntarle cómo había conseguido concluir la prueba.

Y descubrieron que... ¡era sordo!

- *Puede que también yo consiga «hacerme el sordo» cuando intentan desanimarme.*

- *Yo desanimo a otros en el deseo de alcanzar sus propósitos cuando...*

- *¿Refuerzo lo positivo o subrayo lo negativo?*

21

Una historia de milagros

Tres personas iban caminando por una vereda de un bosque. Se trataba de un sabio con fama de hacer milagros, un poderoso terrateniente del lugar y, un poco más atrás que ellos y escuchando la conversación, un joven estudiante alumno del sabio.

Terrateniente: Me han dicho en el pueblo que eres una persona muy poderosa y que incluso puedes hacer milagros.

Sabio: Soy una persona vieja y cansada. ¿Cómo crees que yo podría hacer milagros?

Terrateniente: Pero me han dicho que sanas a los enfermos, que haces ver a los ciegos y que vuelves cuerdos a los locos. Esos milagros sólo puede hacerlos alguien muy poderoso.

Sabio: ¿Te referías a eso? Tú lo has dicho: esos milagros sólo puede hacerlos alguien muy poderoso, no un viejo como yo. Esos milagros los hace Dios; yo sólo pido que se conceda un favor para el enfermo, o para el ciego; y todo el que tenga la fe suficiente en Dios puede hacer lo mismo.

Terrateniente: Yo quiero tener la misma fe para poder realizar los milagros que tú haces. Muéstrame un milagro para poder creer en tu Dios.

Sabio: ¿Esta mañana volvió a salir el sol?

Terrateniente: Sí, claro que sí.

Sabio: Pues ahí tienes un milagro, el milagro de la luz.

Terrateniente: No, yo quiero ver un milagro de verdad, como ocultar el sol o sacar agua de una piedra. Mira, hay un conejo herido junto a la vereda: tócalo y sana sus heridas.

– *Sabio:* ¿Quieres un milagro de verdad? ¿No acaba de dar a luz tu esposa hace unos días?

Terrateniente: Sí, fue un varón, y es mi primogénito.

Sabio: Ahí tienes el segundo milagro, el milagro de la vida.

Terrateniente: Sabio, tú no me entiendes. Quiero ver un verdadero milagro.

Sabio: ¿Acaso no estamos en época de cosecha? ¿No hay trigo y sorgo donde hace unos meses sólo había tierra?

Terrateniente: Sí, igual que todos los años.

Sabio: Pues ahí tienes el tercer milagro.

Terrateniente: Creo que no me he explicado. Lo que yo quiero...

El sabio entonces lo interrumpió.

Sabio: Te has explicado perfectamente, y yo ya he hecho todo lo que podía hacer por ti. Si lo que encontraste no es lo que buscabas, lamento desilusionarte; te repito que yo he hecho todo lo que podía hacer.

Dicho lo cual, el poderoso terrateniente se retiró muy desilusionado por no haber encontrado lo que buscaba. El sabio y su alumno se quedaron parados en la vereda.

Cuando el poderoso terrateniente estaba ya demasiado lejos para ver lo que hacían el sabio y su alumno, el sabio se dirigió a la orilla de la vereda, tomo al conejo, sopló sobre él, y sus heridas quedaron curadas. El joven estaba bastante desconcertado.

Joven: Maestro, te he visto hacer milagros como éste casi todos los días, ¿Por qué te negaste a mostrarle uno a ese hombre? ¿Y por qué lo haces ahora que no puede verlo?

Sabio: Lo que él buscaba no era un milagro, sino un espectáculo. Le mostré tres milagros, y no pudo verlos.

Para ser rey, primero hay que ser príncipe; para ser maestro, primero hay que ser alumno. No puedes pedir grandes milagros si no has aprendido a valorar los pequeños milagros que se te muestran a diario. El día que aprendas a reconocer a Dios en todas las pequeñas cosas que ocurren en tu vida, ese día comprenderás que no necesitas más milagros que los que Dios te da todos los días aunque tú no se los hayas pedido.

- *Mi vida está llena de milagros...*
- *También yo busco pruebas evidentes de lo que no se demuestra, sino se muestra.*
- *Yo mismo soy capaz de hacer milagros: obras maravillosas en la cotidianeidad...*

22

¿Matar al amor?

Hubo una vez en la historia del mundo un día terrible en el que el *odio,* que es el rey de los malos sentimientos, los defectos y las malas virtudes, convocó una reunión urgente de todos ellos.

Todos los sentimientos negros del mundo y los deseos más perversos del corazón humano acudieron a la reunión con la curiosidad de saber cuál era su finalidad.

Cuando estaban todos reunidos, habló el *odio* y dijo:

– Os he reunido aquí a todos porque deseo con todas mis fuerzas matar a alguien.

Los asistentes no se extrañaron demasiado, pues era el *odio* el que estaba hablando, y él siempre quería matar a alguien. Sin embargo, todos se preguntaban quién sería tan difícil de matar para que el *odio* los necesitara a todos ellos.

– Quiero que maten al *amor* –dijo.

Muchos sonrieron malévolamente, pues más de uno le tenía ganas.

El primer voluntario fue el *mal carácter,* quien dijo:

– Yo iré, y les aseguro que en un año el *amor* habrá muerto; provocaré tal discordia y rabia que no lo soportará.

Al cabo de un año se reunieron otra vez y, al escuchar el informe del *mal carácter,* quedaron muy decepcionados.

– Lo siento, lo intenté todo; pero cada vez que yo sembraba una discordia, el *amor* la superaba y salía adelante.

Fue entonces cuando, muy diligente, se ofreció la *ambición,* que, haciendo alarde de su poder, dijo:

– En vista de que el *mal carácter* ha fracasado, iré yo. Desviaré la atención del *amor* hacia el deseo de la riqueza y el poder. Eso nunca lo ignorará.

Y empezó la *ambición* el ataque hacia su víctima, la cual, efectivamente, cayó herida; pero después de luchar por salir adelante, renunció a todo deseo desbordado de poder y triunfó de nuevo.

Furioso el *odio* por el fracaso de la *ambición,* envió a los *celos,* los cuales, burlones y perversos, inventaban toda clase de artimañas y situaciones para despistar al *amor* y lastimarlo con dudas y sospechas infundadas.

Pero el *amor,* confundido, lloró y pensó que no quería morir; y haciendo acopio de con valentía y de fortaleza, se impuso sobre ellos y los venció.

Año tras año, el *odio* siguió en su lucha, enviando a sus más hirientes compañeros –la *frialdad,* el *egoísmo,* la *indiferencia,* la *pobreza,* la *enfermedad* y muchos otros–, que fracasaron siempre, porque cuando el *amor* se sentía desfallecer, recobraba las fuerzas y lo superaba todo.

Convencido de que el *amor* era invencible, el *odio* les dijo a los demás:

– No hay nada que hacer: el *amor* lo ha soportado todo. Llevamos muchos años insistiendo y no lo logramos.

De pronto, de un rincón del salón se levantó un sentimiento poco conocido, vestido todo de negro y con un enorme sombrero que impedía ver su rostro. Tenía el aspecto fúnebre de la muerte, y dijo con seguridad:

– Yo mataré al *amor,* yo mataré al *amor.*

Todos se preguntaron quién sería aquel que pretendía hacer lo que ninguno de ellos había podido.

El *odio* dijo:

– Ve y hazlo.

Tan sólo había pasado algún tiempo cuando el *odio* volvió a llamar a todos los malos sentimientos para comunicarles que, después de mucho esperar, por fin *el amor había muerto.*

Todos estaban felices, pero sorprendidos.

Entonces el sentimiento del sombrero negro habló:

– Ahí les entrego al *amor* totalmente muerto y destrozado.

Y, sin decir más, se marchó.

– Espera, dijo el *odio;* en tan poco tiempo lo eliminaste por completo, lo desesperaste y no hizo el menor esfuerzo para vivir... ¿Quién eres?

El sentimiento levantó por primera vez su horrible rostro y dijo:

– Soy... la *rutina.*

– *Si me voy identificando con cada uno de los sentimientos, yo me veo, en relación a cada uno de ellos...*

– *¿Es la rutina capaz de matar al amor en mí? ¿En qué relaciones? ¿Hay algún camino para evitarlo?*

– *Mis puntos fuertes para salvar al amor son...*

23

El corazón más bello

Un buen día, un hombre joven se puso en el centro de un poblado y proclamó a gritos que él poseía el corazón más hermoso de toda la comarca.

Una gran multitud se congregó a su alrededor, y todos admiraron y confirmaron que su corazón era perfecto, pues no se observaban en él ni manchas ni rasguños.

Sí, todos coincidieron en que era el corazón más hermoso que habían visto. Al sentirse admirado, el joven se sintió aún más orgulloso y, con mayor fervor, aseguró poseer el corazón más hermoso de todo el vasto lugar.

De pronto, un anciano se acercó y dijo:

– ¿Por qué dices eso, si tu corazón no es, en realidad, tan hermoso como el mío?

Sorprendidos, la multitud y el joven miraron el corazón del viejo y vieron que, si bien latía vigorosamente, estaba cubierto de cicatrices, e incluso había zonas donde faltaban algunos pedazos, los cuales habían sido reemplazados por otros que no encajaban perfectamente en el lugar, pues se veían bordes y aristas irregulares en su derredor. Es más, había lugares con huecos, donde faltaban grandes trozos.

La gente se sintió sobrecogida. ¿Cómo puede decir que su corazón es más hermoso?, pensaron.

El joven contempló el corazón del anciano y, al ver su deteriorado aspecto, se echó a reír.

– Debes de estar bromeando –le dijo–. Compara tu corazón con el mío. El mío es perfecto. En cambio, el tuyo es un amasijo de cicatrices y dolor.

– Es cierto, dijo el anciano, tu corazón luce perfecto, pero yo jamás me involucraría contigo. Mira, cada cicatriz representa una persona a la cual entregué todo mi amor. Arranqué trozos de mi corazón para entregárselos a cada uno de aquellos que he amado. Muchos, a su vez, me han obsequiado un trozo del suyo, que he colocado en el lugar que quedó abierto. Como las piezas no eran iguales, quedaron los bordes, de los cuales me alegro, porque me recuerdan el amor que hemos compartido. Hubo veces en las que entregué un trozo de mi corazón a alguien, pero esa persona no me ofreció un poco del suyo a cambio. De ahí los huecos. Dar amor es arriesgar; pero, a pesar del dolor que esas heridas me producen al haber quedado abiertas, me recuerdan que los sigo amando y alimentan la esperanza de que algún día, tal vez, regresen y llenen el vacío que han dejado en mi corazón. ¿Comprendes ahora lo que es verdaderamente hermoso?

El joven permaneció en silencio. Por sus mejillas corrían las lágrimas. Se acercó al anciano, arrancó un trozo de su hermoso y joven corazón y se lo ofreció.

El anciano lo recibió y lo colocó en su corazón; luego, a su vez, arrancó un trozo del suyo ya viejo y maltrecho y tapó con él la herida abierta del joven. La pieza se amoldó, pero no a la perfección. Al no haber sido idénticos los trozos, se notaban los bordes.

El joven miró su corazón, que ya no era perfecto, pero lucía mucho más hermoso que antes, porque el amor del anciano fluía en su interior.

– *Quizá mi corazón tiene desperfectos. Y éstos tienen nombres...*
– *Los rotos de mi corazón aún pueden ser rellanados dando espacio a...*
– *Puede que me resista a que mi corazón se vea lastimado por el amor, a causa de mis miedos...*

24

Paganini

Algunos decían que Paganini era muy raro. Otros, que era sobrenatural. Las notas mágicas que salían de su violín tenían un sonido diferente. Por eso nadie quería perder la oportunidad de ver su espectáculo. Una noche, el escenario de un auditorio repleto de admiradores estaba preparado para recibirlo.

La orquesta entró y fue aplaudida. El director, a su vez, fue muy ovacionado. Pero cuando apareció triunfante la figura de Paganini, aquello fue el delirio. Paganini acomodó el violín contra su hombro, y lo que siguió fue indescriptible: blancas y negras, fusas y semifusas, corcheas y semicorcheas parecían tener alas y volar con el toque de aquellos dedos encantados.

De repente, un extraño sonido interrumpió el ensueño de la platea: una de las cuerdas del violín de Paganini se había roto.

El director se detuvo. La orquesta dejó de tocar. El público contuvo el aliento. Pero Paganini, mirando su partitura, siguió extrayendo sonidos deliciosos de un violín con problemas. El director y la orquesta, admirados, volvieron a tocar. El público se calmó.

De repente, otro sonido perturbador atrajo la atención de los asistentes. Otra cuerda del violín de Paganini había saltado por los aires.

El director se detuvo de nuevo. La orquesta volvió a dejar de tocar. Paganini, no. Como si nada hubiera ocurrido, olvidó las dificultades y siguió arrancando sonidos imposibles. El director y la orquesta, impresionados, volvieron a tocar.

Pero el público no podía imaginar lo que iba a ocurrir a continuación. Todas las personas, asombradas, gritaron un *¡Ohhh!* que retumbó por toda la sala: una tercera cuerda del violín de Paganini se había quebrado.

El director se detuvo. La orquesta también. El público quedó en suspenso. Pero Paganini, como si fuera un contorsionista musical, arrancó todos los sonidos posibles de la única cuerda que quedaba en el violín destruido. Ninguna nota fue olvidada.

El director, embelesado, se animó. La orquesta se motivó. El público pasó del silencio a la euforia, de la inercia al delirio. Paganini alcanzó la gloria.

Su nombre perdura a través del tiempo. Él no es un violinista genial. Es el símbolo del que continúa adelante aun en medio de las dificultades, de los problemas y de todo lo que parece imposible.

– *Soy capaz de desmotivarme a causa de...*

– *Pero encuentro motivos para motivarme dentro de mí en...*

– *Contribuyo a la desmotivación en mi entorno...*

Una historia china: el caballo

Una historia china habla de un anciano labrador que tenía un viejo caballo para cultivar sus campos. Un día, el caballo escapó a las montañas.

Cuando sus vecinos deploraron la mala suerte que había tenido al perder el caballo, él les replicó:

– ¿Buena suerte?, ¿mala suerte? ¿Quién sabe?

Una semana después, el caballo regresó trayendo consigo una manada de caballos salvajes. Entonces sus vecinos felicitaron al labrador por su buena suerte, y éste les respondió:

– ¿Buena suerte?, ¿mala suerte? ¿Quién sabe?

Cuando el hijo del labrador intentó domar uno de aquellos caballos salvajes, se cayó y se rompió una pierna. Todo el mundo consideró esto como una desgracia. No así el labrador, quien se limitó a decir:

– ¿Buena suerte?, ¿mala suerte? ¿Quién sabe?

Unas semanas más tarde, el ejército entró en el poblado y fueron reclutados todos los jóvenes que se encontraban en buenas condiciones.

Cuando vieron al hijo del labrador con la pierna rota, lo dejaron tranquilo. ¿Había sido buena suerte?, ¿mala suerte? ¿Quién sabe?

– *Suelo tender a ver las cosas en positivo, en negativo o abiertas...*
– *Alguna «desgracia» en mi vida se ha convertido en «oportunidad»... y he aprendido...*
– *Alguna «oportunidad» en mi vida se ha convertido en «desgracia»... y he aprendido...*

Da Vinci

Existe una anécdota del gran pintor, escultor e inventor Leonardo Da Vinci acerca de su cuadro *La última Cena,* una de sus obras más copiadas y vendidas a lo largo de la historia y que Da Vinci tardó veinte años en realizar, dado que era muy exigente a la hora de buscar a las personas que debían servir de modelos.

De hecho, tuvo problemas para dar comienzo al cuadro, porque no encontraba al modelo que pudiera representar a Jesús, quien tenía que reflejar en su rostro pureza, nobleza y los más bellos sentimientos. Así mismo, debía poseer una extraordinaria belleza varonil. Al fin, encontró a un joven con esas características, y fue la primera figura del cuadro que pintó.

Después fue localizando a los once apóstoles, a quienes pintó juntos, dejando pendiente a Judas Iscariote, pues no daba con el modelo adecuado. Debía ser una persona de edad madura y mostrar en su rostro las huellas de la traición y la avaricia, por lo que el cuadro quedó inconcluso por largo tiempo, hasta que le hablaron de un terrible criminal que habían apresado.

Fue a verlo, y era exactamente el Judas que él quería para concluir su obra, por lo que solicitó al alcaide que permitiera al reo posar para él.

El alcaide, conociendo la fama del maestro Da Vinci, aceptó gustoso y mandó llevar al reo al estudio del pintor, custodiado por dos guardias y encadenado. Durante todo el tiempo, el reo no dio muestra de emoción alguna por haber sido elegido para modelo, mostrándose sumamente callado y distante.

Al final, Da Vinci, satisfecho del resultado, llamó al reo y le mostró la obra. Cuando el reo la vio, enormemente impresionado, cayó de rodillas llorando. Da Vinci, extrañado, le preguntó el por qué de su actitud, a lo que el preso respondió:

– Maestro Da Vinci, ¿es que no me recuerda?

Da Vinci, tras observarlo detenidamente, le contestó:

– No, nunca antes le había visto.

Llorando y pidiendo perdón a Dios, el reo le dijo:

– Maestro, yo soy aquel joven que hace 19 años escogió usted para representar a Jesús en este mismo cuadro.

– *Yo podría ser el modelo de Jesús y de Judas, porque en algún aspecto me reflejan...*

– *A veces juzgo a las personas por las apariencias del momento, sin tener en cuenta su historia...*

– *También yo siento que soy juzgado injustamente en...*

Amigos

Dice una linda leyenda árabe que dos amigos viajaban por el desierto y, llegados a un determinado punto del viaje, se pusieron a discutir.

El ofendido, sin nada que decir, escribió en la arena:

«Hoy, mi mejor amigo me pegó una bofetada en el rostro».

Siguieron adelante y llegaron a un oasis, donde resolvieron bañarse. El que había sido abofeteado estuvo a punto de ahogarse, pero fue salvado por el amigo. Al recuperarse, tomó un estilete y escribió en una piedra:

«Hoy, mi mejor amigo me salvó la vida».

Intrigado, el amigo preguntó:

– ¿Por qué, después que te lastimé, escribiste en la arena, y ahora escribes en una piedra?

Sonriendo, el otro amigo respondió:

– Cuando un gran amigo nos ofende, debemos escribir en la arena, donde el viento del olvido y el perdón se encargarán de borrarlo y apagarlo. Pero cuando nos sucede algo grande, debemos grabarlo en la piedra de la memoria del corazón, de donde ningún viento del mundo entero podrá borrarlo.

– *Cuando me siento ofendido, reacciono...*

– *Tiendo a perdonar fácilmente... o el rencor me habita...*

– *¿Qué tengo escrito en piedra que podría escribir sobre arena?*

¿Cuántos amigos tienes?

¿Cuántos amigos cree usted tener?, preguntó una persona a un vecino de asiento con el que compartí un viaje recientemente. Después de mirarlo, yo fingí seguir leyendo el periódico y me limité a escuchar una conversación que me hizo reflexionar.

– Yo también creía tener muchos –dijo–, hasta que me puse a pensar y tuve que replantearme el concepto de amistad.

¿Quién no sabe lo que es un amigo?, pensé. Pero, a medida que la conversación avanzaba, me di cuenta de que el concepto tradicional de amistad que tenemos no define realmente lo que es un amigo.

Su siguiente pregunta fue más tendenciosa:

– ¿Cuántas personas a las que usted considera amigos incluiría en la lista de invitados a su boda?

– Ente doscientas y trescientas.

– ¿Y al bautizo de un hijo?

– Entre setenta y cinco y cien.

– Si quisiera usted ir al cine o al estadio hoy por la noche, ¿a cuántas personas pensaría en llamar?

– No sé..., como entre quince y veinte.

– Por lo visto tiene usted muchos amigos –dijo el otro sonriendo–. Pero ¿cuántas de las personas en las que ha pensado para estos eventos le cuentan sus asuntos personales, sus problemas? ¿Con cuántas de ellas comparte usted sus más nobles ambiciones, sus problemas personales o familiares? ¿En los hombros de cuántos de ellos podría llorar sus penas y saberse comprendido? ¿Y cuántos de esos se alegran sinceramente de sus éxitos y sienten en carne propia sus penas?

– Me lo está poniendo difícil –contestó–; ésos ya son menos: como dos o tres.

– ¿Y si alguno de esos dos o tres en los que está pensando tuviera una enfermedad mortal, y le quedaran unos meses de vida, ¿a cuántos de ellos se ofrecería usted para hacerse cargo de su familia y de la educación de sus hijos?

– Eso sí que es complicado de veras; de «ésos» no tengo ninguno.

– Entonces, por lo visto, tiene usted muchas personas que le hacen compañía, tiene dos o tres buenos camaradas y no tiene ningún amigo –concluyó el extraño personaje.

Francamente, me dejó pensando acerca de lo difícil que es encontrar y, sobre todo, mantener una verdadera amistad, ya que compañías o camaradas todos debemos de tener a montones.

Y tú, ¿cuántos amigos tienes?

– *Para mí la verdadera amistad es...*

– *Construyo relaciones de diferente intensidad. ¿Hay autenticidad en todas?*

– *Mis verdaderos amigos son... Yo soy un verdadero amigo para...*

29

La sabiduría de la anciana abadesa

Cuentan las crónicas que en tiempos de las Cruzadas había en Normandía un antiguo monasterio, regido por una abadesa de gran sabiduría, donde más de cien monjas oraban, trabajaban y servían a Dios llevando una vida austera, silenciosa y observante.

Un día, el obispo del lugar acudió al monasterio para pedir a la abadesa que destinara a una de sus monjas a predicar en la comarca.

La abadesa reunió a su Consejo y, después de larga reflexión y consulta, decidió preparar para tal misión a la hermana Clara, una joven novicia llena de virtud, inteligencia y otras singulares cualidades.

La madre abadesa la envió a estudiar, y la hermana Clara pasó largos años en la biblioteca del monasterio descifrando viejos códices y adueñándose de su secreta ciencia. Fue discípula aventajada de sabios monjes y monjas de otros monasterios que habían dedicado toda su vida al estudio de la teología. Cuando acabó sus estudios, conocía los clásicos, podía leer la Escritura en sus lenguas originales, estaba familiarizada con la Patrística y dominaba la tradición teológica medieval. Predicó en el refectorio sobre las «procesiones» intratrinitarias, y las monjas bendijeron a Dios por la erudición de sus conocimientos y la unción de sus palabras.

Fue a arrodillarse ante la abadesa y le dijo:

– ¿Puedo ir ya, reverenda Madre?

– La anciana abadesa la miró como si leyera en su interior: en la mente de la hermana Clara había demasiadas respuestas.

– Todavía no, hija, todavía no..., le dijo.

Y la envió a la huerta, donde trabajó de sol a sol, soportó las heladas del invierno y los ardores del estío, arrancó piedras y zarzas, cuidó una a una las cepas del viñedo, aprendió a esperar el crecimiento de las semillas y a reconocer, por la subida de la savia, cuándo había llegado el momento de podar los castaños..., adquiriendo otra clase de sabiduría. Pero aún no era suficiente...

La madre abadesa la envió luego a hacer de tornera. Día tras día escuchó, oculta detrás del torno, los problemas de los campesinos y el clamor de sus quejas por la dura servidumbre que les imponía el señor del castillo. Oyó rumores de revueltas y alentó a los que se sublevaban contra tanta injusticia.

La abadesa la llamó: la hermana Clara tenía fuego en las entrañas, y los ojos llenos de preguntas.

– No es tiempo aún, hija mía...

La envió entonces a recorrer los caminos con una familia de saltimbanquis. Vivía en el carromato, les ayudaba a montar su tablado en las plazas de los pueblos, comía moras y fresas silvestres, y a veces tenía que dormir al raso, bajo las estrellas. Aprendió a contar acertijos, a hacer títeres y a recitar romances, como los juglares.

Cuando regresó al monasterio, llevaba consigo canciones en los labios y se reía como los niños.

– ¿Puedo ir ya a predicar, Madre?

– Aún no, hija mía. Vaya a orar.

La hermana Clara pasó largo tiempo en una solitaria ermita del monte. Cuando regresó, llevaba el alma transfigurada y llena de silencio.

– ¿Ha llegado ya el momento, Madre?

– No; no ha llegado.

Se había declarado una epidemia de peste en el país, y la hermana Clara fue enviada a cuidar de los apestados. Veló durante noches enteras a los enfermos, lloró amargamente al enterrar a muchos y se sumergió en el misterio de la vida y de la muerte.

Cuando remitió la peste, ella misma cayó enferma de tristeza y agotamiento y fue cuidada por una familia de la aldea. Aprendió a ser débil y a sentirse pequeña, se dejó querer y recobró la paz.

Cuando regresó al monasterio, la Madre abadesa la miró gravemente: la encontró más humana, más vulnerable. Tenía la mirada serena, y el corazón lleno de nombres.

– Ahora sí, hija mía, ahora sí.

La acompañó hasta el gran portón del monasterio, y allí la bendijo imponiéndole las manos.

Y mientras las campanas tocaban para el *Angelus,* la hermana Clara echó a andar hacia el valle para anunciar allí el santo Evangelio.

– *Hay un itinerario saludable en este proceso de preparación para una misión importante, que pasa por...*

– *Me haría más humano si me dejara cuidar y querer más en...*

– *¿Qué nombres hay escritos en mi corazón que me humanizan?*

30

El abad y el rabino

Un monasterio muy famoso estaba atravesando una grave crisis. En el pasado, sus numerosos edificios habían estado repletos de jóvenes monjes que llenaban con sus cantos la iglesia. Ahora el monasterio estaba abandonado. La gente no venía ya a fortalecerse con la oración. Quedaba un puñado de monjes ancianos que se arrastraban por el claustro. Rezaban *con corazón pesaroso.*

En los alrededores del bosque perteneciente al monasterio, un viejo rabino había construido una cabaña. De vez en cuando, acostumbraba a entrar en ella para ayunar y orar. Un día, el abad se decidió a ir a visitarlo y a confiarle sus penas. Mientras se acercaba a la cabaña, vio cómo el rabino, en el umbral, le abría los brazos en señal de bienvenida. En el centro de la habitación en la que los dos hombres entraron había una mesa de madera sobre la que estaba la Biblia abierta. Por un momento se detuvieron delante del libro. Luego, el rabino comenzó a llorar. No pudiendo contenerse, también el abad, cubriéndose la cara con las manos, se puso a llorar. Nunca en su vida había encontrado tanto alivio en el llanto.

Cesadas las lágrimas y recobrado el silencio, el rabino levantó la cabeza y dijo:

– Tú y tus hermanos servís al Señor con corazón pesaroso; por eso has venido a visitarme y a pedirme consejo. Pues bien, te daré una información que es también un consejo y que sólo podrás comunicársela a los otros una única vez.

El rabino dirigió una mirada seria y comprensiva al abad; luego dijo:

– El Mesías, el Salvador, está entre vosotros.

Sin decir una palabra, sin volver la mirada, el abad se fue.

A la mañana siguiente, reunió a los monjes en la sala capitular. Les contó que había recibido del rabino una información que era también un consejo; podía repetirla una vez, pero nadie más debía pronunciarla en voz alta. Luego miró a cada uno de sus hermanos y dijo:

– El rabino ha afirmado que uno de nosotros es el Mesías, el Salvador.

Los monjes se quedaron desconcertados al oír esta afirmación y se preguntaron qué era lo que podía significar: ¿Será fray Juan el Mesías?, ¿o tal vez fray Mateo?, ¿o quizá fray Tomás?... ¿Seré yo el Salvador?... Todos se sintieron sacudidos por las palabras del rabino, pero ninguno volvió a pronunciarlas más.

Con el paso del tiempo, los monjes comenzaron a tratarse con profundo respeto. En sus relaciones había algo noble, auténtico, algo cálidamente humano, difícil de describir pero fácil de notar. Vivían juntos como hombres que, finalmente, habían encontrado algo. Juntos examinaban las Escrituras, como personas siempre habitadas de una profunda espera.

Visitadores ocasionales se sintieron profundamente interpelados por la vida de aquellos hombres. Y muchos jóvenes pidieron ser agregados a esta comunidad.

– *El secreto para superar mis desánimos podría estar dentro de mí y llamarse...*

– *Si la clave para afrontar las dificultades y desalientos de alguno de mi grupo estuviera en mí, sería...*

– *Quizá tendría que escuchar más a... porque tal vez él tenga claves importantes para crecer como grupo y en nuestra relación.*

31

El aguilucho

Érase una vez un granjero que, mientras caminaba por el bosque, encontró un aguilucho malherido. Se lo llevó a su casa, lo curó y lo introdujo en su corral, donde pronto aprendió a comer la misma comida que los pollos y a comportarse como ellos. Un día, un naturalista que pasaba por allí le preguntó al granjero:

– ¿Por qué ese águila, el rey de todas las aves, permanece encerrado en el corral con los pollos?

El granjero contestó:

– Me lo encontré malherido en el bosque, y como le he dado la misma comida que a los pollos y le he enseñado a ser como un pollo, no ha aprendido a volar. Se comporta como los pollos y, por tanto, ya no es un águila.

El naturalista dijo:

– Me parece un gesto muy hermoso por tu parte el haberlo recogido y curado. Además, le has dado la oportunidad de sobrevivir y le has proporcionado la compañía y el calor de los pollos de tu corral. Sin embargo, tiene corazón de águila, y con toda seguridad se le puede enseñar a volar. ¿Qué te parece si le ponemos en situación de hacerlo?

– No entiendo lo que me dices. Si hubiera querido volar, lo habría hecho. Yo no se lo he impedido.

– Es verdad, tú no se lo has impedido; pero, como tú muy bien decías antes, como le enseñaste a comportarse como los pollos, por eso no vuela. ¿Y si le enseñáramos a volar como las águilas?

– ¿Por qué insistes tanto? Mira, se comporta como los pollos, y ya no es un águila. ¡Qué le vamos a hacer...! Hay cosas que no se pueden cambiar.

– Es verdad que en estos últimos meses se está comportando como los pollos. Pero tengo la impresión de que te fijas demasiado en sus dificultades para volar. ¿Qué te parece si nos fijamos ahora en su corazón de águila y en sus posibilidades de volar?

– Tengo mis dudas, porque ¿qué es lo que cambia si, en lugar de pensar en las dificultades, pensamos en las posibilidades?

– Ésa me parece una buena pregunta. Si pensamos en las dificultades, es más probable que nos conformemos con su comportamiento actual. Pero ¿no crees que, si pensamos en sus posibilidades de volar, ello nos invita a darle una oportunidad y a probar si esas posibilidades se hacen efectivas?

– Es posible.

– ¿Qué te parece si probamos?

– Probemos.

Animado, al día siguiente el naturalista sacó al aguilucho del corral, lo tomó suavemente en sus brazos, lo llevó hasta una loma cercana y le dijo:

– Tú perteneces al cielo, no a la tierra. Abre tus alas y vuela. Puedes hacerlo.

Estas persuasivas palabras no convencieron al aguilucho. Estaba confuso y, al ver desde la loma a los pollos comiendo, se fue dando saltos a reunirse con ellos. Creyó que había perdido su capacidad de volar y tuvo miedo.

Sin desanimarse, al día siguiente el naturalista llevó al aguilucho al tejado de la granja y le animó diciendo:

– Eres un águila. Abre tus alas y vuela. Puedes hacerlo.

El aguilucho tuvo miedo nuevamente de sí mismo y de todo cuanto le rodeaba. Nunca lo había contemplado desde aquella altura. Temblando, miró al naturalista y saltó una vez más hacia el corral.

Al día siguiente, muy temprano, el naturalista llevó al aguilucho una vez más al tejado de la granja y le animó diciendo:

– Eres un águila, abre las alas y vuela.

El aguilucho miró fijamente a los ojos del naturalista. Éste, impresionado por aquella mirada, le dijo en voz baja y suavemente:

– No me sorprende que tengas miedo. Es normal que lo tengas. Pero ya verás cómo vale la pena intentarlo. Podrás recorrer distancias enormes, jugar con el viento y conocer otros corazones de águila. Además, estos días pasados, cuando saltabas, pudiste comprobar qué fuerza tienen tus alas.

El aguilucho miró alrededor, abajo hacia el corral, y arriba hacia el cielo. Entonces el naturalista lo levantó hacia el sol y lo acarició suavemente. El aguilucho abrió lentamente las alas, y finalmente, con un grito triunfante, voló alejándose hacia el cielo.

Había recuperado, por fin, sus posibilidades.

– *Dentro de mí hay un águila...*

– *Dentro de mí hay una gallina...*

– *Dentro de mí hay un granjero...*

– *Dentro de mí hay un naturalista...*

– *Y de cada uno de ellos puedo reconocer y decir que...*

32

Los anteojos de Dios

Un empresario que acababa de fallecer iba camino del cielo, donde esperaba encontrarse con el Padre Eterno para ser juzgado, en un proceso sin trampa y ni cartón. No iba nada tranquilo, por cierto, porque en su vida había realizado muy pocas cosas buenas. Mientras se acercaba al cielo, iba buscando en su conciencia ansiosamente aquellos recuerdos de cosas valiosas que había hecho en su vida, pero pesaban mucho sus años de explotador y usurero. Había encontrado en sus bolsillos alguna carta de personas a las que había tratado de ayudar, para presentárselas a Dios como aval de sus escasas buenas obras. Llegó al fin a la entrada principal, sin poder disimular su preocupación. Se acercó despacio, y le extrañó mucho ver que allí no había cola para entrar ni se encontraba nadie en las salas de espera. Pensó: «O aquí vienen muy pocos clientes, o les hacen entrar enseguida...».

Siguió avanzando, y su desconcierto fue aún mayor al ver que todas las puertas estaban abiertas y no había nadie para vigilarlas. Golpeó la puerta con el puño. Nadie contestó. Dio una palmada, y nadie salió a recibirlo. Miró hacia dentro y quedó maravillado de lo hermosa que era aquella mansión, pero allí no se veían ni ángeles ni santos ni doncellas vestidas de luz. Se animó un poco más y avanzó hasta llegar a una puerta acristalada.... Y nada. Finalmente, se encontró justo en el centro del paraíso, sin que nadie se lo impidiera. Pensó: «¡Aquí todos deben de ser gente honrada! ¡Mira que dejar la puerta abierta y sin nadie que vigile...!».

Poco a poco fue perdiendo el miedo y, fascinado por lo que veía, se fue adentrando en los patios de la gloria. Aquello era precioso. Como para pasarse una eternidad contemplando el lugar. De pronto, se encontró ante algo que tenía que ser el despacho de alguien muy importante. Sin duda era la oficina de Dios. Por supuesto que también estaba la puerta abierta de par en par. Titubeó un poquito antes de entrar; pero en el cielo todo termina por inspirar confianza, así que penetró en la sala y se acercó al escritorio, una mesa espléndida. Sobre ella había unos anteojos, que él comprendió debían de ser los anteojos de Dios. Nuestro amigo no pudo resistir la tentación de usarlos para echar una miradita hacia la tierra. Fue ponérselos y caer en éxtasis, pensando: «¡Qué maravilla! ¡Si desde aquí, con estas gafas, veo toda la tierra...!».

Con aquellos anteojos se lograba ver toda la realidad profunda de las cosas sin la menor dificultad: las intenciones de las personas, las tentaciones de los hombres y de las mujeres... Todo estaba patente ante sus ojos. Entonces se le ocurrió una idea: trataría de buscar desde allí arriba a su socio, que sin duda estaría en la empresa donde ambos trabajaban; una especie de financiera desde donde ejercían la usura y hasta el robo, en muchas ocasiones. No le resultó difícil localizarlo, pero le sorprendió en un mal momento. En ese preciso instante, su colega estaba estafando a una pobre anciana que había ido a colocar sus ahorros en aquella empresa, en un fondo de pensiones que no era sino un «camelo». A nuestro amigo, al ver la cochinada que su socio estaba haciendo, le subió al corazón un profundo deseo de justicia. En la tierra nunca había experimentado tal sentimiento. Pero, claro, ahora estaba en el cielo. Fue tan ardiente ese deseo de justicia que, sin pensar en otra cosa, buscó a tientas algo debajo de la mesa para lanzárselo a su amigo (el banquillo donde Dios apoyaba los pies), con tan buena puntería que el artefacto fue a parar a la cabeza de su socio, dejándole tumbado en el sitio. En ese momento, nuestro hombre oyó tras de sí unos pasos. Sin duda era Dios. Se volvió y, en efecto, se encontró cara a cara con el Padre Eterno.

– ¿Qué haces aquí, hijo?

– Pues... la puerta estaba abierta y he entrado...

– Bien, bien; pero sin duda podrás explicarme dónde está el banquillo en el que apoyo mis pies cuando estoy sentado en mi mesa de trabajo.

Reconfortado por la mirada y el tono de voz de Dios, fue recuperando la serenidad.

– Bueno, pues yo he entrado en este despacho hace un momento, he visto los anteojos sobre la mesa y he caído en la curiosidad de ponérmelos y he echado una miradita al mundo...

– Sí, sí, todo eso está muy bien; estás siendo muy sincero conmigo, pero yo quisiera saber qué has hecho de mi banquillo.

– Mira, Señor, al ponerme tus anteojos he visto todo con gran claridad y he visto a mi socio. ¿Sabes, Señor?, estaba engañando a una pobre anciana, haciendo un negocio que era un engaño, y me he dejado llevar de la indignación; y, claro, lo primero que he encontrado a mano ha sido un banquillo y se lo he tirado a la cabeza. Lo he dejado K.O., Señor. ¡Es que no hay derecho! ¡Era una injusticia!

– Imagínate que yo, cada vez que veo una injusticia en la tierra, comienzo a lanzar banquillos a la cabeza de los hombres; no sé los que quedarían ahora.

– Perdóname, Señor, he sido muy impulsivo, lo sé...

– Sí, claro. Estuvo bien que te pusieses mis anteojos, hijo, pero para mirar la tierra y a los hombres te olvidaste de una cosa, ponerte también *mi corazón*. La próxima vez que te sientas indignado ante algo que los demás hacen mal, no olvides ponerte también *mi corazón* de Padre; y recuerda: sólo tiene derecho a juzgar el que tiene poder para salvar. Vuelve ahora a la tierra, y te doy otros cinco años para que practiques lo que esta tarde has llegado a comprender...

Y en ese momento nuestro amigo se despertó, empapado en sudor, observando que por la ventana entreabierta de su dormitorio entraba un espléndido sol.

Hay historias que parecen sueños, y sueños que podrían cambiar la historia.

- *Quizá yo tenga una cierta facilidad para juzgar...*

- *Si tuviera los «anteojos de Dios», yo...*

- *Mi tendencia a juzgar puede revelar mi inmadurez en...*

33

El árbol generoso

Érase una vez, cerca de un río, un árbol que quería mucho a un niño. El niño solía ir a visitarlo: trepaba al tronco, se balanceaba en las ramas, comía sus frutos y después descansaba a su sombra.

Tras una larga relación de amistad, el niño se alejó, dejando al árbol solo durante mucho tiempo.

Hasta que, un buen día, el árbol divisó desde lejos cómo se acercaba la figura del pequeño al que había conocido tiempo atrás. Rebosante de alegría, le dijo:

– Ven, amigo mío, súbete por mi tronco, balancéate en mis ramas, come mis frutos, descansa a mi sombra y quédate conmigo.

El niño, que ya se había hecho un joven, le respondió:

– Ya no soy un niño para jugar. Ahora he crecido y necesito dinero, porque quiero comprarme muchas cosas.

– Lo siento –deploró el árbol–, pero no puedo contentarte, porque no tengo dinero. No obstante, si quieres, puedes trepar por mi tronco, subir a las ramas y recoger mis frutos. Después puedes llevarlos al mercado, venderlos y ganar el dinero que necesitas para comprarte lo que quieres.

El joven no se lo dejó decir dos veces. Siguió la sugerencia y, semiaplastado por la carga de los frutos, desapareció en el horizonte sin dejarse ver más. El árbol permaneció solo largo tiempo.

Varios años más tarde, el árbol vio que se acercaba su viejo amigo, ya adulto. Lleno de alegría, le dio la bienvenida, diciendo:

– Ven, amigo mío, juega conmigo como antaño, encarámate a mi tronco, acúnate en mis ramas, solázate a mi sombra y quédate conmigo.

– No –respondió el adulto–, estoy demasiado ocupado para jugar. Ahora quiero formar una familia y tener hijos, pero necesito construir una casa donde vivir.

– Lamento –replicó el árbol– no tener una casa para ti. Mi casa es el bosque. Pero, si quieres, puedes subir a mi tronco y cortar las ramas. Con ellas podrás construirte una casa donde vivir con tu familia.

La respuesta no se hizo esperar. El adulto desapareció en el horizonte arrastrando tras de sí una montaña de ramas, y no se dejó ver más. El árbol se quedó solo. Muchos años después, el tronco divisó a lo lejos la figura de un hombre; lo reconoció y, de nuevo, exultó de alegría.

– Ven amigo mío, juega conmigo. Puedes gatear por mi tronco o descansar a mis pies, pero quédate conmigo.

– No –le interrumpió el hombre–, me siento demasiado solo para quedarme aquí. Es preciso que vaya a un país lejano para encontrar la felicidad que no he encontrado aquí. Pero no tengo medios para ir demasiado lejos.

– Me desagrada –murmuró el árbol– que no seas feliz. No sé cómo ayudarte, porque ya queda poco de mí. Si quieres, puedes cortar mi tronco, construirte una canoa y echarla al río que pasa por aquí cerca para emprender tu viaje hacia la tierra que te dará la felicidad.

El hombre no se acababa de creer que hubiera encontrado una solución a su sueño. Se puso a trabajar, construyó la canoa e inició su viaje de esperanza.

El tocón que había quedado del árbol permaneció solo durante muchos y largos años. Hasta que, un buen día, vio cómo se acercaba lentamente un anciano que tenía el semblante del niño de antaño. Con voz triste, el tocón susurró:

– Lo siento, amigo mío, pero ya no me queda nada que darte. Ya no tengo frutos con los que alimentarte, no tengo el tronco para que te encarames a él; soy sólo un tocón, y ya no sirvo para nada.

– Te lo agradezco –respondió el anciano–, pero ahora ya no necesito nada. Sólo busco un lugar donde sentarme y descansar.

– En ese caso –accedió el tocón–, siéntate, si quieres, y quédate conmigo.

– *Quizá también yo he buscado la felicidad incansablemente en...*

– *Y algún «árbol» pudo ofrecerme su compañía para «ser felices juntos»...*

– *En algo pude «llegar tarde» y he aprendido...*

34

Arreglar el mundo

Un científico, preocupado por los problemas que afligían al mundo, estaba resuelto a encontrar los medios para aminorarlos.

Se pasaba días y días en su laboratorio, en busca de respuestas para sus dudas. Cierto día, su hijo de siete años invadió su santuario, decidido a ayudarle en su trabajo.

El científico, nervioso por la interrupción, le pidió al niño que fuese a jugar a otro lado. Viendo que era imposible echarlo de allí, el padre pensó en algo que pudiera darle para distraer su atención.

De pronto, encontró una revista en la que había un mapa del mundo, justamente lo que precisaba. Con unas tijeras recortó el mapa en varios pedazos y, junto con un rollo de cinta, se lo entregó a su hijo diciendo: como te gustan los rompecabezas, te voy a dar el mundo roto en pedazos para que lo repares sin ayuda de nadie.

El científico calculó que al pequeño le llevaría al menos diez días componer el mapa. Pero no fue así.

Pasadas algunas horas, escuchó la voz del niño que le llamaba serenamente:

– Papá, papá, ya lo hice todo; conseguí terminarlo.

Al principio, el padre no creyó al niño. Pensó que era imposible que, a su edad, hubiera conseguido recomponer un mapa que jamás había visto antes.

Desconfiado, el científico levantó la vista de sus anotaciones, con la certeza de que no vería el trabajo impropio de un niño de su edad en tan poco tiempo.

Para su sorpresa, el mapa estaba completo. Todos los pedazos habían sido colocados en su debido lugar.

¿Cómo era posible? ¿Cómo el niño había sido capaz? Así que el padre preguntó con asombro a su hijo:

– Hijo, tú no sabías cómo era el mundo... ¿Cómo lo lograste?

– Papá –respondió el niño,– yo no sabía cómo era el mundo, pero cuando sacaste el mapa de la revista para recortarlo, vi que del otro lado estaba la figura de un hombre. Así que le di vuelta a los recortes y comencé a recomponer al hombre, que sí sabía cómo era. Cuando conseguí arreglar al hombre, di vuelta a la hoja y vi que había arreglado el mundo.

– *En mí mismo tengo la posibilidad de contribuir a «arreglar el mundo» si...*

– *Podría empezar a cambiar...*

– *Todavía no es tarde para «recomponer algún rompecabezas» de mi corazón...*

35

El sabio Avicena

Hace muchos siglos, Avicena, el renombrado médico árabe de la Edad Media, se vio abordado por los amigos del anciano rey de un país lejano, el cual estaba enfermo. Los solicitantes deseaban que Avicena fuera allá a curarlo. Le dijeron que el rey estaba muy enfermo, que muchos médicos habían sido consultados, pero que todos habían fallado. Él, Avicena, era su última esperanza.

Cuando el famoso médico escuchó aquello, se interesó grandemente y preguntó los síntomas del mal que aquejaba al rey. Los amigos de éste replicaron que el rey insistía en creer que se había vuelto vaca, y por eso se había colgado un cencerro y a todas horas pedía que lo sacrificaran. Avicena accedió a visitar al infortunado rey.

Como el rey era muy querido por todos sus súbditos, se había intentado todo lo humanamente posible antes de recurrir a Avicena, y se le habían suministrado tratamientos de toda especie: píldoras, pócimas, ungüentos, inhalaciones, ventosas, sangrías, cataplasmas, descanso, ejercicio, alimentos opíparos, ayunos...: todo ello sin el menor resultado. El rey, con su cencerro, seguía insistiendo en que era una vaca y, por tanto, en que debía de ser sacrificado.

Viajes a las más famosas capitales del mundo no habían mejorado el estado del rey. Sus amigos también habían empleado los más diversos métodos para ayudarlo. Un amigo filósofo había estado quince días, con sus quince noches, disertando sobre la esencia metafísica del hombre y de la vaca para ayudarle a comprender las diferencias esenciales entre ambos. Otros lo habían tenido encadenado a un diván un mes entero. Las muestras de conmiseración y pena por su triste condición tampoco habían servido de nada: «¡Qué lástima!, ¡con lo bueno que es...!», decían unos; otros se consolaban a sí mismos diciéndose: «Es indudable que el rey no es ninguna vaca, él mismo debe de saberlo; y si sufre esta manía, no tardará mucho en darse cuenta»; otros, finalmente, le habían amenazado con destronarlo si no dejaba de insistir en tan ridícula tontería. Pero el rey se mantuvo firme: era una vaca, y debían sacrificarlo. Últimamente, el rey había dejado también de comer, tampoco podía dormir, y tenía una gran ansiedad.

Lo primero que hizo Avicena al llegar fue tratar de comprender al rey tanto como le fuera posible, escuchando con todo cuidado a todos cuantos querían hablar con él, que eran muchos. Después trató de comprender al rey escuchándolo directamente a él. Puesto que todo lo que éste decía era *«muuuu»*, tal cosa no sirvió de nada. Luego, tan enfáticamente como él sabía, trató de comprender con el rey su extraño mundo interior. Cuando ya le parecía tener reunidos todos los datos, Avicena le dijo al viejo rey:

– Perfectamente: comprendo ahora que sois una vaca y que habrá que sacrificaros. Pero estáis tan delgado, mi rey, que primero debemos engordaros un poquito.

Cuando el rey oyó hablar así a Avicena, sintió una gran alegría, porque al fin alguien lo había comprendido; por eso empezó a comer algo, cosa que casi no hacía en los últimos meses, y a gozar poco a poco de sus comidas.

También perdió algo de su ansiedad: comenzó a recobrar fuerzas y mejoró su aspecto. También recuperó y normalizó su sueño: alguna noche incluso lo vieron ir en busca de su amiga favorita sin el cencerro puesto. Y así, poco a poco, fue recobrando la alegría de vivir y se le fue olvidando el cencerro y su obsesión de sentirse vaca, con gran contento de su pueblo.

- *Escuchando a... podría comprender mejor...*
- *A algunas personas me parece que les pasa como al rey (sólo dicen «muuu»), y yo podría comprenderlas mejor si...*
- *Siento que la escucha tiene valor terapéutico para...*

Construyendo...

Un hombre entró en una cantera donde se estaba trabajando y vio una fila de personas que llevaban piedras. Todos hacían el mismo trabajo, pero cada uno lo hacía con un estilo diferente.

De hecho, abordó a uno y le preguntó:

– ¿Qué haces?

Y el otro le respondió:

– ¿No lo ves? Estoy llevando piedras.

Detuvo a otro y le dijo:

– ¿Y tú qué haces?

– Estoy ganándome el pan para mis hijos –le respondió.

El tercero al que hizo la misma pregunta respondió que estaba construyendo la ciudad.

Algún otro podría responder: «Estoy contribuyendo a la realización del Reino de Dios».

Muchas personas hacen todas la misma cosa, pero desde un horizonte diferente.

– *Lo que yo hago es lo mismo que... pero mis motivaciones son...*

– *Comprendo que lo más importante no es lo que hago, sino lo que me mueve, que es...*

– *¿Por qué hago realmente las cosas más altruistas?*

Los niños y Dios perdido

Una pareja tenía dos niños pequeños, de ocho y diez años de edad, que eran excesivamente traviesos. Sabían que si alguna travesura ocurría en el pueblo, seguramente algo tendrían que ver sus hijos...

La madre de los niños se enteró de que el cura del pueblo había tenido mucho éxito «enderezando» niños, así que le pidió que hablara con sus hijos.

El cura aceptó, pero pidió verlos por separado, por lo que la madre envió primero al niño más pequeño.

El cura, un hombre enorme con una voz muy profunda, sentó al niño frente a sí y le preguntó gravemente:

– ¿Dónde está Dios?, hijo.

El niño se quedó boquiabierto, pero no respondió; permaneció sentado con los ojos pelones. Así que el cura repitió la pregunta en un tono todavía más grave:

– ¿Dónde está Dios?

De nuevo el niño no contestó. Entonces el cura subió el tono de su voz aún más, agitó su dedo apuntando frente a la cara del niño y gritó:

– ¡Te estoy preguntando que dónde está Dios!

El niño salió gritando del cuarto, corrió hasta su casa y se escondió en el baño. Cuando su hermano lo encontró en el baño, le preguntó:

– ¿Qué pasó?

El hermano pequeño, sin aliento, le contestó:

– Ahora sí que estamos mal, tenemos graves problemas... ¡Dios está perdido, y creen que nosotros lo tenemos!

- *Puede que con mi modo de decir las cosas contribuya a veces a asustar al «niño» interior de otras personas.*

- *Cuando pienso o hablo de Dios, ¿lo hago en tono severo o cariñoso y entrañable...?*

- *Mi modo de relacionarme con los demás tiene siempre una valencia constructiva o destructiva. Construye cuando... y destruye si...*

Escuchar lo que no se oye

Un discípulo, antes de ser reconocido como tal por su maestro, fue enviado a la montaña para aprender a *escuchar* la naturaleza.

Al cabo de un tiempo, volvió para dar cuenta al maestro de lo que había percibido.

– He oído el piar de los pájaros, el aullido del perro, el ruido del trueno...

– No –le dijo el maestro–, vuelve otra vez a la montaña. Aún no estás preparado.

Por segunda vez dio cuenta al maestro de lo que había percibido.

– He oído el rumor de las hojas al ser mecidas por el viento, el cantar del agua en el río, el lamento de una cría sola en el nido...

– No –le dijo de nuevo el maestro–, aún no. Vuelve de nuevo a la naturaleza y escúchala.

Por fin, un día...

– He oído el bullir de la vida que irradiaba del sol, el quejido de las hojas al ser holladas, el latido de la savia que ascendía por el tallo, el temblor de los pétalos al abrirse acariciados por la luz...

– Ahora sí. Ven, porque has escuchado lo que no se oye.

– *A escuchar se puede aprender, y yo podría... para escuchar mejor.*

– *Si estoy atento, puedo captar... que no me dicen, pero me comunican.*

– *A algunos sentimientos me cuesta más prestarles atención y acogerlos...*

Ivar insatisfecho

Era una vez un islandés, Ivar, que se había convertido en poeta y cantante famoso en la corte del rey de Noruega, el cual lo estimaba mucho y le rodeaba de atenciones.

El hermano de Ivar, Thorfin, vivía también en la corte del rey, pero estaba descontento y envidiaba los privilegios que le concedían a su hermano, entre otras cosas porque veía que sus dotes no eran debidamente reconocidas.

Un día decidió regresar a Islandia. Antes de partir, Ivar le entregó un mensaje para Audney, una joven muchacha, a la que pedía que no se casara con nadie, porque en primavera él mismo volvería a Islandia para casarse con ella. Thorfin partió.

Llegado a Islandia, conoció a Audney, trabó con ella una relación amorosa y se casaron.

Al comenzar la primavera, Ivar partió para su tierra natal. Cuando descubrió que su hermano se había casado con Audney, se sintió profundamente herido y amargado y se volvió desconsolado a la corte del rey.

Todos notaron su cambio: Ivar ya no cantaba. Un día le llamó el rey para enterarse de lo que había sucedido, pero Ivar no se confió. El rey le preguntó:

– Dime, ¿te ha ofendido alguno de la corte?

– No, respondió Ivar.

– ¿Crees –prosiguió el rey– que no se te dan los honores que te corresponden?

– ¡Oh, no! –comentó Ivar.

El rey reflexionó unos instantes y luego añadió:

– ¿Quizá hay algo en este reino que desearías tener?

Una vez más, Ivar respondió negativamente.

Por fin el rey, imaginando que se podía tratar de algo más íntimo, murmuró:

– ¿Hay, por ventura, alguien a quien amas, por ejemplo, una mujer de tu tierra?

Ivar permaneció en silencio, y el rey comprendió que había puesto el dedo en la llaga.

– No te preocupes –lo tranquilizó–, tú sabes que yo soy el rey más poderoso de esta región, y nadie tratará de oponerse a un deseo mío. Partirás con la próxima nave que zarpe para Islandia y llevarás contigo una carta para los padres de esa mujer, a los que pediré que te den por esposa a su hija.

Ivar meneó la cabeza, diciendo:

– Es imposible, señor, porque ya está casada.

Hubo un momento de silencio, y el rey continuó:

– Entonces, Ivar, hay que pensar en alguna otra cosa. La próxima vez que visite las aldeas, las ciudades y los castillos de la región, vendrás conmigo. A lo largo del camino encontrarás a muchas mujeres fascinantes, y tal vez una de ellas satisfará los deseos de tu corazón.

– No, señor mío –respondió Ivar–, porque cada vez que veo a una chica pienso en Audney, y mi tristeza aumenta.

El rey prosiguió:

– Entonces te daré muchas tierras y mucho ganado, dedicarás tus energías a los negocios y el trabajo, y te olvidarás pronto de tu amor.

– No, señor mío –respondió Ivar–, no tengo ningún deseo de trabajar.

– Entonces –propuso el soberano–, te daré una gran cantidad de dinero, de modo que puedas viajar y visitar todo el mundo. Lo que veas y las experiencias que hagas te ayudarán a olvidar a la mujer de Islandia.

Ivar denegó otra vez:

– No tengo ningún deseo de viajar.

El rey se quedó contrariado por no poder hacer nada para eliminar la tristeza de Ivar. Se pasó un buen rato cavilando y, por fin, decidió hacer la última sugerencia:

– Ivar, hay todavía una pequeña cosa que puedo hacer por ti, si te puede servir de ayuda. Por la noche, después de cenar, quiero que te entretengas conmigo para hablarme de tu amor a esa mujer. Tómate el tiempo que quieras, yo estaré escuchándote.

Ivar aceptó agradecido la sugerencia.

Todas las noches, después de la cena, comenzaba a contar la historia de su amor y, al mismo tiempo, sentía renacer dentro de sí la alegría y el deseo de cantar. Y volvió a ser el poeta y el cantante que todos conocían.

Al año siguiente encontró a una joven de Noruega, de la cual se enamoró, se casó con ella y vivieron felices.

– *También yo algunas veces tiendo a «quitar la tristeza» de quien la comparte conmigo...*

– *Si escuchara bien, algunas personas se sentirían más comprendidas por mí.*

– *Me atrevo a narrar lo que me preocupa, pero algunas cosas me las guardo sin permitir que otros me ayuden...*

40

Jugando al escondite

Cuentan que una vez se reunieron en un lugar de la tierra todos los sentimientos y cualidades de los hombres. Cuando el *aburrimiento* había bostezado por tercera vez, la *locura,* tan loca como siempre, les propuso:

– ¿Jugamos al escondite?

La *intriga* levantó la ceja intrigada, y la *curiosidad,* sin poder contenerse, preguntó:

– ¿Al escondite? ¿Y cómo es eso?

– Es un juego –explicó la *locura*– en el que yo me tapo la cara y comienzo a contar desde uno hasta un millón, mientras ustedes se esconden; y cuando yo haya terminado de contar, el primero de ustedes al que encuentre ocupará mi lugar para continuar el juego.

El *entusiasmo* bailó secundado por la *euforia.* La *alegría* dio tantos saltos que terminó convenciendo a la *duda* e incluso a la *apatía,* a la que nunca le interesaba nada. Pero no todos quisieron participar. La *verdad* prefirió no esconderse (¿para qué, si al final la hallaban?), la *soberbia* opinó que era un juego muy tonto (en el fondo, lo que le molestaba era que la idea no hubiese sido suya) y la *cobardía* prefirió no arriesgarse...

Uno, dos tres..., comenzó a contar la *locura.*

La primera en esconderse fue la *pereza,* que, como siempre, se dejó caer tras la primera piedra del camino. La *fe* subió al cielo, y la *envidia* se escondió tras la sombra del *triunfo,* que con su propio esfuerzo había logrado subir a la copa del árbol más alto. La *generosidad* casi no alcanzaba a esconderse, porque cada sitio que hallaba le parecía maravilloso para alguno de sus amigos: que si un lago cristalino, ideal para la *belleza;* que si el bajo de un árbol, perfecto para la *timidez;* que si el vuelo de la mariposa, lo mejor para la *voluptuosidad;* que si una ráfaga de viento, magnífico para la *libertad...* Así que terminó ocultándose en un rayito de sol. El *egoísmo,* en cambio, encontró un sitio muy bueno desde el principio, ventilado, cómodo... pero sólo para él.

La *mentira* se escondió en el fondo de los océanos (¿mentira?, en realidad se escondió detrás del arco iris), y la *pasión* y el *deseo,* en el centro de los volcanes. ¿El *olvido*? ¡Se me olvidó dónde se escondió!... pero eso no es lo importante.

Cuando la *locura* contaba 999.999, el *amor* todavía no había encontrado un sitio para esconderse, pues todo se encontraba ocupado, hasta que divisó un rosal y, enternecido, decidió esconderse entre sus flores.

– ¡Un millón! –contó la *locura,* y comenzó a buscar.

La primera en aparecer fue la *pereza,* a sólo tres pasos de la piedra. Después se escuchó a la *fe* discutiendo con Dios en el cielo sobre teología. Y a la *pasión* y al *deseo* los sintió en el vibrar de los volcanes.

En un descuido, encontró a la *envidia* y, lógicamente, pudo deducir dónde estaba el *triunfo.* Al *egoísmo* no tuvo ni que buscarlo: él solito salió disparado de su escondite, que había resultado un nido de avispas.

De tanto caminar, sintió sed y, al acercarse al lago, descubrió a la *belleza.* Y con la *duda* resultó más fácil todavía, pues la encontró sentada sobre una cerca, sin decidir aún de qué lado esconderse.

Así fue encontrando a todos: el *talento,* entre la hierba fresca; la *angustia,* en una oscura cueva; la *mentira,* detrás del arco iris; y hasta el *olvido,* al que ya se le había olvidado que estaba jugando al escondite.

Pero sólo el *amor* no aparecía por ningún lado.

La *locura* buscó detrás de cada árbol, bajo cada arroyo del planeta, en la cima de las montañas... y cuando estaba a punto de darse por vencida, divisó un rosal y las rosas... Y tomó una horquilla y comenzó a mover las ramas, cuando de pronto se escuchó un doloroso grito. Las espinas habían herido en los ojos al *amor*. La *locura* no sabía qué hacer para disculparse; lloró, rogó, imploró y hasta le prometió ser su lazarillo.

Desde entonces, desde que por primera vez se jugó al escondite en la tierra, el amor es ciego, y la locura lo acompaña siempre.

- *En el querer, puede que haya jugado como los sentimientos, a...*
- *Hay o ha habido amores locos en mi vida, que podrían purificarse...*
- *La «sana locura» del amor podría habitar algún rincón de mi vida...*

41

La ciudad de los pozos

Érase una vez una ciudad que no estaba habitada por personas, sino por pozos. Pozos vivientes..., pero pozos, al fin y al cabo.

Los pozos se diferenciaban entre sí, no sólo por el lugar en que estaban excavados, sino por el brocal. Había pozos pudientes y ostentosos, con brocales de mármol, y pozos pobres y humildes que eran simples agujeros abiertos en la tierra.

La comunicación entre los habitantes de la ciudad era de brocal a brocal, y las noticias cundían rápidamente de punta a punta de la ciudad.

Un día, llegó a la ciudad una moda que seguramente había nacido en algún poblado humano, y según la cual todo ser viviente que se preciara debería cuidar mucho más el interior que el exterior. Lo importante no era lo superficial, sino el contenido.

Así fue como los pozos empezaron a llenarse de cosas: Algunos se llenaban de joyas, monedas de oro y piedras preciosas. Otros, más prácticos, se llenaron de electrodomésticos y aparatos mecánicos. Algunos optaron por el arte y fueron llenándose de pinturas, pianos de cola y sofisticadas esculturas postmodernas. Finalmente, los intelectuales se llenaron de libros, manifiestos ideológicos y revistas especializadas.

Pasó el tiempo... y la mayoría de los pozos se llenaron del todo.

Los pozos no eran todos iguales, así que, si bien algunos se conformaron, hubo otros que pensaron que debían hacer algo para seguir metiendo cosas en su interior.

A uno de ellos, en lugar de apretar el contenido, se le ocurrió aumentar su capacidad ensanchándose. No pasó mucho tiempo antes de que la idea fuese imitada. Todos los pozos gastaban gran parte de sus energías en ensancharse para poder hacer más espacio en su interior.

Un pozo pequeño y alejado del centro de la ciudad vio cómo sus camaradas se ensanchaban desmedidamente. Él pensó que, si seguían hinchándose de tal manera, pronto se confundirían los bordes y cada uno perdería su propia identidad... Quizás a partir de esta idea se le ocurrió otra manera de aumentar su capacidad: consistía en crecer, no a lo ancho, sino en profundidad; hacerse más hondo, en lugar de más ancho. Pronto se dio cuenta de que todo lo que tenía dentro le imposibilitaba la tarea de profundizar. Si quería ser más profundo, debía vaciarse de todo su contenido... Al principio tuvo miedo al vacío, pero luego, cuando vio que no había otra posibilidad, lo hizo.

Vacío de posesiones, el pozo que crecía hacia dentro, tuvo una sorpresa: muy en el fondo... ¡encontró agua! Nunca antes otro pozo había encontrado agua... El pozo superó la sorpresa y empezó a jugar con el agua del fondo, humedeciendo las paredes, salpicando los bordes y, por último, haciendo saltar el agua hacia fuera.

La ciudad nunca había sido regada más que por la lluvia, que, de hecho, era bastante escasa, así que la tierra de alrededor del pozo, revitalizada por el agua, comenzó a despertar. Las semillas de sus entrañas brotaron en pasto, en tréboles, en flores y en árboles. La vida explotó en colores alrededor del alejado pozo, al que llamaron «El Vergel».

Todos se preguntaban cómo había conseguido el milagro.

– No hay ningún milagro –contestaba él–. Se trata de buscar en el interior, hacia lo profundo.

Muchos quisieron seguir el ejemplo del vergel, pero rechazaron la idea cuando se dieron cuenta de que para profundizar debían vaciarse. Siguieron ensanchándose cada vez más, para llenarse de más y más cosas.

En la otra parte de la ciudad, otro pozo decidió correr el mismo riesgo del vacío. Y también empezó a profundizar y se llenó de agua... y salpicó hacia fuera creando un segundo oasis verde en el pueblo.

– ¿Qué harás cuando se termine el agua? –le preguntaban.

– No sé lo que pasará; pero por ahora, cuanto más saco, tanta más agua hay.

Pasaron unos cuantos meses antes del gran descubrimiento.

Un día, por casualidad, los dos pozos se dieron cuenta de que el agua que habían encontrado en el fondo de ellos era la misma. Que el mismo río subterráneo que pasaba por uno pasaba también por el otro. Se dieron cuenta de que se abría para ellos una nueva vida. No sólo podían comunicarse de brocal a brocal, superficialmente, como todos los demás, sino que la búsqueda les había deparado un nuevo y secreto punto de contacto.

– *En el pozo de mi vida acumulo...*

– *Mi verdadera fuente, que convierte mi vida en un vergel, es...*

– *Y me comunico interiormente con...*

42

Las quejas del mercader

En un país muy lejano vivía un mercader lleno de celo por la causa de Dios. Tanto era su celo que había vendido toda su hacienda y había comprado a cambio centenares de libros que le prometían enseñarle a negociar en beneficio de esa causa. Los fue leyendo uno a uno y se llenó de ideas hermosísimas que consiguió vertebrar en una poderosa síntesis doctrinal. Elaboró un plan de pastoral y se lanzó a la brecha. Montó su puesto en un parque público y, subido sobre una silla, se puso a hablar a la gente:

– Hermanos: ha llegado la hora de abandonar toda impostación dialéctica que nos dificulte el acceso al keriygma. No nos dejemos arredrar por la problemática del círculo hermenéutico: tenemos con nosotros al Paráclito como don escatológico, y él puede guiarnos hacia una exégesis verdaderamente eclesial y ecuménica...

– ¿Mande? –dijo un jubilado poniéndose la mano en la oreja en forma de pantalla, porque estaba un poco sordo.

– ¿De qué habla? –se interesó una joven madre que mecía a su hijo en el cochecito.

– Debe de ser de los del Hare-Krishna, pero es raro, porque no lleva pandero... –comentó un guarda del parque que estaba acostumbrado a ver de todo.

Una mujer de mediana edad, que venía de la compra, le miró con benevolencia: «Parece buen chico», pensó. «Lástima que no se entienda lo que dice...»; y se alejó arrastrando su carrito.

Se pararon dos chavales con zapatillas y bolsas de deporte.

– Mira –dijo uno–, ése va de religión.

– Passsando a tope, colega –dijo el otro.

– Y siguieron andando.

El mercader lleno de celo por la causa de Dios estaba desanimado: las cosas no estaban saliendo como habían sido previstas en el plan de pastoral. De modo que acudió al Señor:

– La gente no compra nada –se quejó–. Cada cual va a lo suyo, y a nadie le interesan tus cosas, Dios mío...

– Hace tiempo que están convencidos de que las ideas no les sirven para mucho –les disculpó el Señor–. Pero de verdad que están agobiados y con sed de agua viva...

El mercader creyó comprender. Vendió los libros y puso un herbolario. Ofreció tónicos de frutos espirituales, infusiones de moralina, germen de maná liofilizado, pan bendito integral y parches Sor Virginia.

La gente compraba, pero se hacía un lío con las mezclas de hierbas y no acertaba a saber muy bien para qué servía cada cosa. Por eso acudía constantemente al mercader a pedir nuevas recetas. El mercader se impacientó y fue a quejarse al Señor:

– La gente sigue sin comprender, Señor, y yo no puedo pasarme la vida solucionando sus dudas...

– No han tenido muchas oportunidades de estudiar, ¿sabes? –le dijo el Señor–. Además, trabajan mucho y tienen poco tiempo para ponerse a descifrar el lenguaje de tus recetas. Si intentaras...

El mercader lleno de celo por la causa de Dios le dejó con la palabra en la boca: había tenido una iluminación repentina. ¡El lenguaje! ¿Cómo no se había dado cuenta antes? Traspasó el herbolario y decidió dar un nuevo giro a su negocio. Mercaderes de Oriente le vendieron varitas de incienso, taburetes para meditar, tapices y *cassettes* de relajación. Mercaderes de Occidente le vendieron montajes audiovisuales, videos, cadenas de sonido, amplificadores, una batería electrónica y un ordenador. Al mercader ya no le faltaba ningún detalle para hacer triunfar la causa de Dios. Así que montó una gran carpa en medio del parque. La gente se agolpaba para entrar, y las gradas de la carpa estaban siempre llenas. Todos miraban con atención y escuchaban extasiados. A la salida felicitaban al mercader y se marchaban muy contentos, porque habían participado en un hermoso espectáculo.

Pero el mercader, lleno de celo por la causa de Dios, no acababa de estar satisfecho. Había caído en la cuenta de que a su carpa apenas venían pecadores. Su clientela era gente buena, gente de toda la vida; pero pecadores... lo que se dice pecadores..., venían poquísimos.

Fue a quejarse al Señor, y el Señor le dijo:

– Tendrás que salir a buscarlos. Recuerda el trabajo que me costó a mí encontrar la oveja que se me había perdido....

El mercader decidió salir en busca de los pecadores. Había muchísimos más de los que él creía, y al fin consiguió sentarse a comer con ellos. Sacó sus *cassettes:* se aburrían. Sacó un montaje: bostezaban. Puso en marcha la megafonía: hablaban entre ellos. «Son unos pecadores bastante empedernidos», pensó el mercader disgustado. Y se volvió a su casa abatido.

En la oración de la noche se quejó al Señor:

– He hecho lo que he podido, Dios mío; he seguido tu ejemplo y me he sentado a comer con ellos, pero me he fatigado en vano y he consumido inútilmente mi tiempo y mis energías...

El Señor esperó pacientemente a que el mercader acabara su letanía de quejas y, cuando hubo terminado, le dijo:

– Hijo mío, todos esos hermanos tuyos estaban enfermos, pero tú estabas tan preocupado por *mi causa* que te has olvidado de preguntarles por *sus heridas.*

– *Al querer comunicar a los demás mis convicciones más profundas me preocupo demasiado por...*

– *Podría pensar en testimoniar, más que proclamar mis valores más sólidos en...*

– *Quizá me preocupo más por las estrategias que por el verdadero significado de hacer el bien.*

43

Parábola de las dos tinajas

Un vendedor de agua repetía cada mañana el mismo ritual: colocaba sobre sus hombros un aparejo que tenía, y a cada punta del aparejo amarraba una tinaja. Después salía al camino del río, llenaba las dos tinajas y regresaba a la ciudad para entregar el agua a sus clientes.

Pero una de las tinajas tenía muchas grietas y dejaba filtrar mucha agua. La otra tinaja era nueva y estaba muy orgullosa de su rendimiento, ya que su dueño obtenía mucho dinero con la venta del agua que ella llevaba.

Al cabo de un tiempo, la pobre tinaja agrietada fue acomplejándose y sintiéndose inferior a la otra. Tanto, que un día decidió hablar con su patrón para decirle que la abandonara, por ser ya casi inservible.

– ¿Sabes? –le dijo muy triste–, soy consciente de mis limitaciones. Yo sé muy bien que conmigo tú dejas de ganar mucho dinero, pues soy una tinaja llena de grietas y, cuando llegamos a la ciudad, estoy ya medio vacía. Ya no hay nada que hacer. Por eso te pido que me perdones mi debilidad. Compra otra nueva que pueda hacer mejor el trabajo, y abandóname a mí en el camino. Ya no te sirvo...

– Muy bien –le contestó el dueño–; pero ya hablaremos con más calma mañana.

Al día siguiente, de camino hacia el río, el vendedor de agua se dirige a la pobre tinaja agrietada y le dice:

– Fíjate bien en la orilla de la carretera y dime lo que estás observando.

– Nunca me había fijado –respondió la agrietada tinaja–, pero, en honor a la verdad, me doy cuenta de que el borde de la carretera está lleno de flores. ¡Es algo muy hermoso!

– Pues bien, mi querida tinaja –repuso sonriente el vendedor–, quiero que sepas que si las orillas de la carretera son como un bello jardín, es gracias a ti, ya que eres tú quien las riegas cada día cuando regresas del río. Hace ya mucho tiempo que me di cuenta de que tú dejabas filtrar mucha agua. Entonces yo compré semillas de flores de toda clase y, de camino hacia el río, una mañana las sembré en la orilla de la carretera; y tú, al regresar del río, sin saberlo y sin quererlo, estuviste regando mi siembra. Y así todos los días, gracias a tus grietas, muchas semillas nacieron, los botones se abrieron, y cada día gracias a ti puedo cortar unas flores, preparar un ramillete y ofrecérselo al Creador.

Y el buen hombre, inclinándose sobre el camino, comenzó a escoger las mejores flores del día para ofrecérselas al Hacedor de todo.

Y esta vez la tinaja regó aún mejor el camino con el agua que se perdía de entre sus grietas y la que brotaba agradecida de sus ojos.

- *En mi vida, también hay aspectos envejecidos de los que puedo sacar partido...*

- *A mi alrededor puede haber personas que se sienten inútiles, pero que tienen su valor...*

- *A veces me fijo más en lo útil que en el valor de las cosas y las personas por sí mismas...*

44

Pelusas calientes

Érase una vez, hace mucho tiempo, dos personas *muy* felices que se llamaban *Tim* y *Maggie* y tenían dos hijos, llamados *Juan* y *Lucy*. Para comprender cuán felices eran hay que explicar cómo eran las cosas entonces. En aquellos días felices se les regalaba a todos, nada más nacer, una pequeña y suave Bolsa de Pelusas. Cada vez que una persona metía la mano en su bolsa, podía sacar una Pelusa Caliente.

Había mucha demanda de Pelusas Calientes, porque cada vez que alguien recibía una de éstas, se sentía *muy* contento y abrigado. Y quienes, por lo que fuera, no recibían Pelusas Calientes con regularidad corrían el peligro de contraer una enfermedad en la espalda que les hacía encogerse, y a veces incluso morir.

En aquellos días era *muy* fácil obtener Pelusas Calientes. Cada vez que a alguien le apetecía, podía ir a tu encuentro y decirte: «*Me gustaría recibir una Pelusa Caliente*»; entonces uno metía la mano en su bolsa y sacaba una Pelusa del tamaño de la mano de una niñita. Con la luz del día, la Pelusa sonreía y florecía, transformándose en una Pelusa Caliente amplia y acogedora. Entonces se colocaba encima del hombro, la cabeza o las piernas de la persona, y la Pelusa se acomodaba perfectamente, deshaciéndose contra su piel y haciéndola sentir llena de alegría.

La gente siempre estaba pidiéndose mutuamente Pelusas Calientes, y como eran gratis, no había problemas para conseguir suficientes. Al haber para todos, las personas se sentían *muy* cómodas y abrigadas la mayor parte del tiempo.

Pero un día, un brujo malo se enfadó porque todos eran felices y no le compraban pociones y ungüentos. El brujo era *muy* listo e ideó un plan perverso. Una hermosa mañana se acercó cautelosamente a Tim, mientras Maggie jugaba con su hijita, y le susurró al oído:

– Mira, Tim, fíjate en todas las pelusas que Maggie le da a Lucy; si continúa así, va a agotarlas y no quedará ninguna para ti.

Tim se quedó estupefacto. Se volvió al brujo y le dijo:

– ¿Quieres decir que no siempre encontraremos una Pelusa Caliente en la bolsa cuando la saquemos?

– Por supuesto que no; cuando las agotes, ya no tendrás más –contestó el brujo.

Y, dicho esto, se fue volando, riendo y cacareando.

Tim se lo tomó *muy* a pecho y comenzó a controlar, cada vez más, cuando Maggie le daba una Pelusa Caliente a alguien. Acabó por sentirse *muy* preocupado, porque a él le gustaban mucho las Pelusas Calientes de Maggie y no quería que se las diera a los demás. Realmente creía que Maggie no tenía derecho a gastar todas sus Pelusas Calientes con los niños y otras personas. Empezó a quejarse cada vez que veía a Maggie dar una Pelusa Caliente a alguien; y como Maggie le quería mucho, dejó de dar Pelusas Calientes con tanta frecuencia y las reservó para él.

Al ver esto, los niños pensaron que era malo regalar Pelusas Calientes cada vez que se las pedían o les apetecía hacerlo. También ellos se volvieron *muy* cuidadosos, vigilaban estrechamente a sus padres, y protestaban cuando les parecía que daban demasiadas Pelusas Calientes a alguien. Poco a poco, comenzaron a preocuparse por las Pelusas Calientes que daban ellos mismos. Aunque ciertamente encontraban Pelusas siempre que las buscaban en su bolsa, cada vez metían menos la mano dentro, y se hicieron más y más tacaños. Muy pronto la gente notó una escasez de

Pelusas Calientes, y empezaron a sentirse menos contentos y abrigados. Empezaron a encogerse, y de vez en cuando moría alguien por falta de Pelusas Calientes.

Así, más y más personas iban a comprarle pociones y ungüentos al brujo, aunque no parecían muy efectivos. Y sucedió que la situación comenzó a ponerse muy difícil. El brujo malvado no quería que la gente muriera, entre otras cosas porque los muertos no pueden comprar pociones ni emplastos; así que desarrolló un nuevo plan: le dio a cada uno una bolsa muy similar a la Bolsa de Pelusas Calientes, excepto que éstas nuevas eran frías, mientras que, como es sabido, las auténticas Bolsas de Pelusas eran calientes. Dentro de las bolsas del brujo había Espinas Frías. Estas Espinas Frías no hacían que la gente se sintiera contenta y abrigada, sino, por el contrario, fría y herida, pero evitaban que a la gente se le encogiera la espalda y muriera. Por lo que, desde entonces, cada vez que alguien decía: «Quiero una Pelusa Caliente», le contestaban: «No puedo darte una Pelusa Caliente, pero ¿quieres una Espina Fría? A veces se acercaban dos personas pensando obtener una Pelusa Caliente, pero uno u otro cambiaba de opinión, y terminaban dándose Espinas Frías. Así sucedió que, aunque muy pocas personas morían, muchas seguían desdichadas y sintiéndose frías y heridas.

La situación se complicó muchísimo, pues las Pelusas Calientes, que antes solían ser gratuitas como el aire, ahora eran extremadamente raras y muy caras. Ello hizo que la gente hiciera cualquier cosa para conseguirlas.

Antes de que el brujo apareciera, la gente acostumbraba a reunirse en grupos de tres, cuatro o cinco personas, sin importarles demasiado quién daba Pelusas Calientes a quién. Después de que llegara el brujo, la gente comenzó a emparejarse y a reservar todas sus Pelusas Calientes para sus parejas. Los que se descuidaban y daban una Pelusa a alguien más, se sentían culpables, porque sabían que su pareja seguramente notaría la pérdida. Y los que no encontraban una pareja generosa tenían que comprar sus Pelusas y trabajar muchas horas para poder pagarlas.

También sucedió que algunas personas cogían Espinas Frías (habían muchas y eran gratis), las cubrían de un material blanco y esponjoso y las hacían pasar por Pelusas Calientes. Estas Pelusas Calientes falsas eran realmente Pelusas de Plástico y aún ocasionaron más dificultades: si, por ejemplo, dos personas intercambiaban libremente Pelusas de Plástico, se suponía que tenían que sentirse bien por ello, pero, en cambio, se separaban sintiéndose mal. Y como pensaban que lo que se habían estado dando eran Pelusas Calientes, se quedaban muy confundidos, sin darse cuenta de que esos sentimientos fríos e hirientes que tenían eran el resultado de haberse dado un montón de Pelusas de Plástico.

De esta forma, la situación se volvió *muy, muy* triste desde la llegada del brujo, que hizo que la gente creyera que algún día, cuando menos lo esperaran, no encontrarían más Pelusas Calientes en sus Bolsas.

No hace mucho tiempo, una adorable y robusta mujer de anchas caderas y feliz sonrisa llegó a aquel país entristecida. Parecía no haber oído hablar del brujo, y no le preocupaba que se acabaran las Pelusas Calientes. Las daba libremente, incluso cuando no se las pedían. Algunos no las aceptaban, porque hacía que los niños se despreocuparan de que se les acabaran las Pelusas Calientes. En cambio, a los niños les gustaba mucho, porque se sentían bien con ellas. Y pronto volvieron a dar Pelusas Calientes siempre que les apetecía.

Las personas mayores comenzaron a preocuparse y decidieron utilizar la Ley para proteger a los niños del derroche de sus reservas de Pelusas Calientes. La Ley convirtió en una actividad criminal dar Pelusas Calientes sin licencia. Sin embargo, muchos niños parecían no enterarse y, a pesar de la Ley, continuaron dándose Pelusas Calientes unos a otros siempre que les apetecía y siempre que se las pedían; y como había muchos niños, casi tantos como personas mayores, parecía que podían salirse con la suya.

Hoy por hoy, es difícil adivinar qué sucederá. ¿Podrán las fuerzas de la ley y el orden detener a los niños? ¿Irán las personas mayores a unirse a aquella mujer y a los niños para darse cuenta de que siempre habrá tantas Pelusas Calientes como se necesiten? ¿Recordarán Tim y Maggie aquellos días en que eran tan felices sabiendo que había Pelusas Calientes en cantidad ilimitada? ¿Volverán a darlas libremente?

Este asunto se extiende por toda la tierra, y probablemente la lucha esté llegando adonde tú vives. Si lo deseas, y ojalá que así sea, puedes unirte dando y pidiendo libremente Pelusas Calientes y siendo todo lo *amoroso y sano* que puedas.

— *¿Refuerzo a los demás con caricias cálidas y reconocimientos positivos, o quizá con estímulos negativos y fríos?*

— *¿Contribuyo a construir un mundo donde unos para otros seamos estímulos sin celos, o me nacen los celos en ciertas circunstancias?*

— *Acepto las caricias y estímulos positivos que me dan... y también rechazo algunos...*

45

¿Cómo colocar las piedras?

Un experto asesor de empresas en Gestión del Tiempo quiso sorprender a los asistentes a su conferencia.

Sacó de debajo del escritorio un frasco grande de boca ancha, lo puso sobre la mesa, junto a una bandeja con piedras del tamaño de un puño, y preguntó:

– ¿Cuántas piedras piensan que caben en el frasco?

Después de que los asistentes hicieran sus conjeturas, empezó a meter piedras hasta que llenó el frasco. Luego preguntó:

– ¿Está lleno?

Todo el mundo lo miró y asintió. Entonces sacó de debajo de la mesa un cubo con gravilla. Metió parte de la gravilla en el frasco y lo agitó. Las piedrecillas penetraron por los espacios que dejaban las piedras grandes. El experto sonrió con ironía y repitió:

– ¿Está lleno?

Esta vez los oyentes dudaron: «Tal vez no».

– ¡Bien!

Y puso en la mesa un cubo con arena que comenzó a volcar en el frasco. La arena se filtraba en los pequeños recovecos que dejaban las piedras y la grava.

– ¿Está lleno? –preguntó de nuevo.

– ¡No! –exclamaron los asistentes.

– ¡Bien! –dijo él.

Y tomó una jarra con un litro de agua que comenzó a verter en el frasco. El frasco aún no rebosaba.

– Bueno, ¿qué hemos demostrado? –preguntó.

Un alumno respondió:

– Que no importa lo llena que esté tu agenda; si lo intentas, siempre puedes hacer que quepan más cosas.

– ¡No! –replicó el experto–. Lo que esta lección nos enseña es que, si no colocas las piedras grandes primero, luego nunca podrás colocarlas.

¿Cuáles son las grandes piedras en tu vida?

– *¿Cuáles son las grandes piedras de mi vida? ¿Las pongo realmente antes que nada en el orden de prioridad?*

– *¿Dedico suficiente tiempo a las personas importantes de mi vida, o quizás a algunas cosas menos relevantes?*

– *¿Me siento libre para elegir lo que realmente es prioritario en mi vida, o sometido a...?*

El príncipe y el diamante

Un príncipe poseía un magnífico diamante, del que estaba muy orgulloso. Un día, a causa de un accidente, la piedra preciosa sufrió un tremendo arañazo.

Este hecho entristeció al príncipe, que decidió poner todo su empeño en conseguir que el diamante volviera a ser lo que había sido.

Para ello convocó a los más hábiles especialistas, con el fin de que la joya recuperase su estado original. Pero, a pesar de todos los esfuerzos, no pudieron borrar ni disimular la raya.

Apareció entonces un genial lapidario. Con arte y paciencia, talló en el diamante una magnífica rosa y fue lo suficientemente hábil para hacer del arañazo el tallo mismo de la rosa... de tal manera que la piedra preciosa apareció después mucho más bella que antes.

- *Si yo fuera el diamante, encontraría rayas también en él que me hacen sufrir...*

- *A veces me empeño en eliminar rayas del diamante de mi vida, historias del pasado que no pueden desaparecer, y gasto energías inútilmente...*

- *Si yo fuera el genial lapidario, podría convertir ciertas rayas del diamante de mi vida en oportunidades de mayor belleza...*

Rufino quería ver a Dios

Rufino era un hombre santo y estaba muy orgulloso de serlo. Como ansiaba ver a Dios, naturalmente se alegró muchísimo cuando Dios le habló en sueños:

– Rufino, ¿quieres verme y poseerme de veras?

– Por supuesto que lo quiero. Éste es el momento que he estado esperando. Me contentaría, incluso, con sólo poder verte fugazmente.

– Así será, Rufino. En la montaña, lejos de todos y de todo, te abrazaré.

Al día siguiente, Rufino, el hombre santo, se despertó sobreexcitado, después de una noche sumamente agitada. La vista de la montaña y la idea de ver a Dios cara a cara casi le obligaban a elevarse del suelo.

Entonces comenzó a pensar con impaciencia qué presente podría ofrecerle a Dios. Sin duda. Dios esperaría un presente; pero ¿qué podía encontrar él que fuera digno de Dios?

– Ya lo sé –se dijo–: le llevaré mi hermoso jarrón nuevo. Es valioso y le encantará... Pero no puedo llevarlo vacío. Debo llenarlo con algo.

Estuvo un buen rato pensando en lo que podría introducir en el precioso jarrón: ¿oro?, ¿plata?, ¿diamantes y piedras preciosas?... Después de todo, Dios mismo había hecho todas aquellas cosas, por lo que se merecía un presente mucho más valioso.

– Sí, le daré a Dios mis oraciones. Esto es lo que esperará él de un hombre santo como yo. Mis oraciones, mi ayuda y servicio a los demás, mis limosnas, mis sufrimientos, mis sacrificios y buenas obras...

Rufino se sentía ahora contento de haber descubierto justamente lo que Dios esperaría, y decidió aumentar sus oraciones y buenas obras, consiguiendo un buen acopio de ellas.

Durante las pocas semanas siguientes, anotó cada oración, cada sacrificio y cada buena obra, colocando una piedrecita en el jarrón por cada una de ellas. Cuando estuviera lleno a rebosar, lo subiría a la montaña y se lo ofrecería a Dios.

Finalmente, con su precioso jarrón lleno hasta los bordes de piedrecitas, Rufino se puso en camino hacia la montaña. A cada paso de la senda se repetía lo que debía decirle a Dios:

– Mira, Señor, ¿te gusta mi precioso jarrón? Espero que sí, estoy seguro de que te gustará y de que estarás encantado con todas las oraciones, sacrificios y obras que he ahorrado durante este tiempo para ofrecértelas. Por favor, abrázame ahora.

Rufino siguió subiendo aprisa la montaña, donde tenía su cita con Dios. Repitiéndose todavía su discurso y jadeante de expectación, llegó trémulo de ilusión a la cumbre. Pero ¿dónde estaba Dios? No se le veía por ninguna parte.

– ¡Dios! ¿Dónde estás? Me invitas aquí, y yo he mantenido mi palabra. Aquí estoy; pero ¿dónde estás tú? No me decepciones. ¡Por favor, muéstrate!

Lleno de desesperación, el santo hombre se echó al suelo y rompió a llorar. Entonces, de repente, oyó una voz que descendía retumbando de las nubes:

– ¿Quién está ahí abajo? ¿Por qué te escondes de mí? ¿Eres tú, Rufino? No te veo. ¿Por qué te escondes? ¿Qué has puesto entre nosotros?

– Sí, Señor. Soy yo. Soy yo, Rufino. Tu hombre santo. Te he traído este precioso jarrón. Mi vida entera está en él. Lo he traído para ti.

– Pero no te veo. ¿Por qué has de esconderte detrás de ese enorme jarrón? No nos veremos de ese modo. Deseo abrazarte; por tanto, arrójalo lejos. Quítalo de mi vista. Arrójalo lejos. Vuélcalo.

Rufino apenas podía creer lo que estaba oyendo. ¿Romper su precioso jarrón y tirar lejos todas sus piedrecitas?

– No, Señor. Mi jarrón, no. Lo he traído especialmente para ti. Lo he llenado de mis...

– Tíralo, Rufino. Dáselo a otro si quieres, pero líbrate de él. Deseo abrazarte, Rufino. Te quiero a ti.

– *En mi búsqueda de Dios pongo intermediaciones que impiden la autenticidad en el encuentro...*

– *A veces creo que a Dios me lo gano con ofrecimientos, en lugar de aceptarlo como un verdadero regalo. Quizás me cueste porque...*

– *Dios se me regala en cada cosa y persona y cada día. ¿Lo acepto como pura gracia?*

48

La piedra de hacer sopa

En un pequeño pueblo, una mujer se llevó una gran sorpresa al ver que había llamado a su puerta un extraño correctamente vestido, que le pedía algo de comer.

– Lo siento, dijo, pero ahora no tengo nada en casa.

– No se preocupe, dijo amablemente el extraño, tengo una piedra de hacer sopa en mi bolsa; si usted me permitiera echarla en un puchero de agua hirviendo, yo haría la más exquisita sopa del mundo. Un puchero muy grande, por favor.

A la mujer le picó la curiosidad, puso el puchero al fuego y fue a contar el secreto de la piedra de hacer sopa a sus vecinas. Cuando el agua rompió a hervir, todo el vecindario se había reunido allí para ver a aquel extraño y su piedra de hacer sopa. El extraño dejó caer la piedra en el agua, luego probó una cucharada con verdadera delectación y exclamó:

– ¡Deliciosa! Lo único que necesita es unas cuantas patatas.

– ¡Yo tengo patatas en mi casa! –gritó una mujer.

Y, en pocos minutos, estaba de regreso con una gran fuente de patatas peladas que fueron derechas al puchero. El extraño volvió a probar el brebaje.

– ¡Excelente! –dijo–; y añadió pensativamente: si tuviéramos un poco de carne, haríamos un guiso de lo más apetitoso...

Otra ama de casa salió presurosa y regresó trayendo un pedazo de carne que el extraño, tras aceptarlo cortésmente, lo introdujo en el puchero. Cuando volvió a probar el caldo, dijo:

– ¡Está muy sabroso! Si tuviéramos unas cuantas verduras, quedaría mejor...

Una de las vecinas se apresuró a ir a su casa y regresó con una cesta llena de judías y zanahorias. Después de introducir las verduras en el puchero, el extraño probó nuevamente el guiso y dijo a la dueña de la casa:

– La sal, por favor.

– Aquí la tiene, le dijo la dueña de la casa.

A continuación exclamó:

– Preparad platos para todos.

La gente se apresuró a ir a sus casas en busca de platos. Algunas regresaron trayendo incluso pan y frutas.

Luego se sentaron todas a disfrutar de la comida. Todas se sentían extrañamente satisfechas compartiendo aquella sopa de piedra. En medio de la comida, el extraño se escabulló silenciosamente, dejando tras de sí la milagrosa piedra de hacer sopa, que ellas podrían usar siempre que quisieran hacer una nutritiva y reconfortante sopa.

– *Podría también yo hacer milagros compartiendo...*

– *Con la «piedra de la solidaridad» podría contribuir a compartir algunos de mis bienes materiales e inmateriales...*

– *Quizá cuando ayudo puedo ser mero intermediario sin generar dependencia y saber escabullirme en el momento oportuno...*

49

El viejo, maestro de empatía

En una granja colectiva de un país lejano había un asno. Era ciertamente un asno especial, con largas orejas sedosas y grandes ojos brillantes, y todos los niños lo querían mucho. Por eso, cuando un día desapareció, todos los niños se preocuparon. El asno había sido la atracción favorita de la granja infantil. Por las mañanas, los niños acostumbraban a llegar en grupos de dos o tres, o en grupos más numerosos acompañados por sus maestros, para visitar al asno. Los más pequeños hasta efectuaban cortos paseos subidos sobre él. Por las tardes, los niños acudían a verlo trayendo a sus padres, para que éstos también saludaran a Shlomo, el asno. Ahora, sin embargo, el asno no estaba, y los niños se sentían abatidos.

Como la tristeza es algo contagioso, antes de que terminara el día todos los miembros de la granja se habían congregado en el espacioso comedor y, con preocupación en todos los rostros, discutían tratando de decidir qué hacer. Ya habían buscado por todas partes a Shlomo, el asno, que no aparecía por ningún lado.

En esa misma granja vivía un viejo, padre de uno de los primeros fundadores. Últimamente había empezado a dar muestras de senilidad, y a veces los niños se burlaban de él abiertamente, aunque los adultos eran un poco más circunspectos. Pues bien, cuando toda la población de la granja estaba en el nuevo y espacioso salón-comedor preguntándose qué hacer, entró el viejo tirando de Shlomo, el asno, a sus espaldas.

Si el júbilo fue grande, el asombro fue todavía mayor. Mientras los niños rodeaban al asno, los adultos se congregaron alrededor del viejo.

– ¿Cómo has sido tú, de entre todos, el que ha encontrado al asno? ¿Cómo lo hiciste? –le preguntaron.

Es fácil imaginar la incomodidad del viejo, y su placer también, al verse convertido en el centro de atención. Se rascó su calva coronilla, miró al techo y luego al piso; sonrió y, al fin, dijo:

– Fue muy sencillo, simplemente, me pregunté yo mismo: «Shlomo [porque el viejo también se llamaba así], si tú fueras Shlomo, el asno, ¿adónde irías?». Entonces fui, lo encontré y lo traje de regreso.

– *Ponerse en el lugar del otro, para mí significa...*

– *Si yo fuera más empático en ciertas situaciones, comprendería mejor...*

– *A veces, también yo me pierdo... como el burro... y necesito «dejarme encontrar»...*

50

Buscando el tesoro

Hace mucho tiempo, un joven vivía en una remota aldea. Era sumamente pobre, no tenía trabajo y habitaba en una chabola en ruinas, a las afueras de la aldea.

Una noche tuvo un sueño: vio un inmenso tesoro enterrado debajo de un puente de una ciudad que él conocía, lejos de la suya. Cuando despertó, tomó un azadón y se puso en camino. Caminó muchos kilómetros y estuvo vagando por muchos países hasta que, finalmente, llegó a la ciudad que había visto en el sueño.

Allí encontró el puente con el que había soñado. Esperó a que oscureciese y comenzó a cavar. Durante siete noches completas estuvo cavando sin para. ¿Y qué fue lo que encontró? ¡Nada!

La séptima noche, de pronto vio a otro muchacho que estaba sobre el puente y le observaba mientras manejaba el azadón. Finalmente, el desconocido le preguntó por qué estaba cavando en aquel lugar.

Cuando el joven le contó el sueño que había tenido en su chabola, y lo distante que estaba de su tierra, el muchacho del puente se echó a reír y le dijo:

– Precisamente la última noche tuve yo un sueño semejante: vi un enorme tesoro enterrado debajo de la cama de una chabola medio derruida. La chabola estaba a las afueras de una pequeña aldea con un extraño nombre. Pero no soy tan tonto como para acudir allí.

El joven entendió el mensaje. Tomó su azadón y se puso en camino por los diversos países que había atravesado, hasta que llegó al fin a su chabola. La encontró medio derruida. Apartó la cama y comenzó a cavar... encontrando el tesoro con el que había soñado. Y así se hizo rico.

- *Sueño con tesoros lejanos a mi corazón...*
- *Excavando en mí mismo podría encontrar algunas cosas que busco...*
- *Los demás también me pueden ayudar a comprender de mí que...*

51

Los zapatos incómodos

Un hombre entró en una zapatería, y un amable vendedor se le acercó:

– ¿En qué puedo servirle, señor?

– Quisiera un par de zapatos negros como los del escaparate.

– ¡Cómo no, señor! Veamos: el número que busca debe de ser... el cuarenta y uno, ¿verdad?

– No. Quiero un treinta y nueve, por favor.

– Disculpe, señor. Hace veinte años que trabajo en esto, y su número debe de ser un cuarenta y uno. Quizás un cuarenta, pero no un treinta y nueve.

– Un treinta y nueve, por favor.

– Disculpe, ¿me permite que le mida el pie?

– Mida lo que quiera, pero yo quiero un par de zapatos del treinta y nueve.

El vendedor saca del cajón ese extraño aparato que usan los vendedores de zapatos para medir pies y, con satisfacción, proclama:

– ¿Lo ve? Lo que yo decía: ¡un cuarenta y uno!

– Dígame: ¿quién va a pagar los zapatos, usted o yo?

– Usted.

– Pues bien, entonces, ¿quiere traerme un treinta y nueve?

El vendedor, entre resignado y sorprendido, va a buscar el par de zapatos del número treinta y nueve. Por el camino se da cuenta de lo que ocurre. Los zapatos no son para el hombre, sino que seguramente son para hacer un regalo.

– Señor, aquí los tiene: del treinta y nueve, y negros.

– ¿Me da un calzador?

– ¿Se los va a poner?

– Sí, claro.

– ¿Son para usted?

– ¡Sí! ¿Me trae un calzador?

El calzador es imprescindible para conseguir que ese pie entre en ese zapato. Después de varios intentos y de ridículas posturas, el cliente consigue meter todo el pie dentro del zapato.

Entre ayes y gruñidos, camina algunos pasos sobre la alfombra con creciente dificultad.

– Está bien. Me los llevo.

Al vendedor le duelen sus propios pies sólo de imaginar los dedos del cliente aplastados dentro de los zapatos del treinta y nueve.

– ¿Se los envuelvo?

– No, gracias. Me los llevo puestos.

El cliente sale de la tienda y camina, como puede, las tres manzanas que le separan de su trabajo. Trabaja como cajero en un banco.

A las cuatro de la tarde, después de haber pasado más de seis horas de pie dentro de esos zapatos, su cara está desencajada, tiene los ojos enrojecidos, y las lágrimas caen copiosamente de sus ojos.

Su compañero de la caja de al lado lo ha estado observando toda la tarde y está preocupado por él.

– ¿Qué te pasa? ¿Te encuentras mal?

– No. Son los zapatos.

– ¿Qué les pasa a los zapatos?

– Me aprietan.

– ¿Qué les ha pasado? ¿Se han mojado?

– No. Son dos números más pequeños que mi pie.

– ¿De quién son?

– Míos.

– No lo entiendo. ¿No te duelen los pies?

– Me están matando los pies.

– ¿Y entonces...?

– Te explico, dice, tragando saliva. Yo no vivo una vida de grandes satisfacciones. En realidad, en los últimos tiempos tengo muy pocos momentos agradables.

– ¿Y...?

– Me estoy matando con estos zapatos. Sufro terriblemente, es cierto... Pero, dentro de unas horas, cuando llegue a mi casa y me los quite, ¿imaginas el placer que sentiré? ¡Qué placer! ¡Me muero de ganas por experimentar esa gozada!

– *También yo puedo echar de menos una vida un poco más placentera, y quizá podría...*

– *Algunos sacrificios quizá no tengan sentido..., otros sí...*

– *Sobre el dolor, mi reflexión más saludable es...*

52

El leñador trabajador

Había una vez un leñador que se presentó a trabajar en una maderera. El sueldo era bueno, y las condiciones de trabajo mejores aún, así que el leñador se propuso hacer un buen papel.

El primer día se presentó al capataz, que le dio un hacha y le asignó una zona del bosque.

El hombre, entusiasmado, salió al bosque a talar.

En un solo día cortó dieciocho árboles.

– Te felicito –le dijo el capataz–. Sigue así.

Animado por las palabras del capataz, el leñador se decidió a mejorar su propio trabajo al día siguiente. Así que esa noche se acostó muy temprano.

A la mañana siguiente, se levantó antes que nadie y se fue al bosque.

A pesar de todo su empeño, no consiguió cortar más que quince árboles.

– Debo de estar cansado –pensó; y decidió acostarse con la puesta de sol.

Al amanecer, se levantó decidido a batir su marca de dieciocho árboles. Sin embargo, ese día no llegó a talar ni la mitad de esa cifra.

Al día siguiente fueron siete, luego cinco, y el último día estuvo toda la tarde tratando de talar su segundo árbol.

Inquieto por lo que diría el capataz, el leñador fue a contarle lo que le estaba pasando y a jurarle y perjurarle que se estaba esforzando hasta el desfallecimiento.

El capataz le preguntó:

– ¿Cuándo afilaste tu hacha por última vez?

– ¿Afilar? No he tenido tiempo para afilar: he estado demasiado ocupado talando árboles.

– *Puede que yo sea también un leñador tan ocupado en mi tarea que me olvide de cuidarme a mí mismo...*

– *Para mí, afilar el hacha significaría...*

– *La ambición, cuando me habita o me ha habitado...*

53

Extraños embarazos

En cierta ocasión, un hombre pidió una olla prestada a su vecino. Éste, que no era demasiado solidario, se sintió obligado, sin embargo, a prestársela.

A los cuatro días, al ver que la olla no le había sido devuelta, el dueño de la misma, con la excusa de necesitarla, fue a pedírsela a su vecino.

– Casualmente –le dijo éste–, iba a ir a su casa para devolvérsela... ¡El parto fue tan difícil!

– ¿Qué parto?

– El de la olla.

– ¿Cómo?

– Ah, ¿no lo sabía? La olla estaba embarazada.

– ¿Embarazada?

– Sí, y esa misma noche tuvo familia. Por eso tuvo que hacer reposo, pero ahora ya está recuperada.

– ¿Reposo?

– Sí. Un segundo, por favor.

Y entrando en su casa, sacó la olla, una jarrita y una sartén, y se lo entregó todo.

– Esto no es mío. Sólo es mía la olla.

– No, es todo suyo. La jarrita y la sartén son hijas de la olla. Si la olla es suya, las hijas también lo son.

El hombre pensó que su vecino estaba totalmente loco. «Pero mejor que le siga la corriente», se dijo.

– Bueno, gracias.

– De nada. Adiós.

– Adiós, adiós...

Y el hombre se marchó a su casa con la jarrita, la sartén y la olla.

Aquella tarde, el vecino volvió a llamar a su puerta.

– Vecino, ¿puede prestarme un destornillador y una pinza?

El hombre se sentía ahora más obligado que antes.

– Sí, claro.

Entró en casa y salió con la pinza y el destornillador.

Pasó casi una semana, y cuando ya estaba pensando en ir a recuperar sus cosas, el vecino llamó a su puerta.

– Ay, vecino, ¿usted lo sabía?

– ¿El qué?

– Que el destornillador y la pinza son pareja.

– ¡No me diga! –dijo el hombre con los ojos desorbitados–. No, no lo sabía...

– Mire, fue un descuido mío. Durante un ratito los dejé solos, y se ha quedado embarazada.

– ¿La pinza?

– ¡La pinza, sí! Le he traído a sus hijos.

Y, abriendo una canastilla, le entregó unos tornillos, tuercas y clavos que, según él, había parido la pinza.

«Está totalmente loco», pensó el hombre. Pero los clavos y los tornillos siempre venían bien.

Pasaron dos días. El vecino pedigüeño apareció de nuevo.

– El otro día –le dijo–, cuando le traje la pinza, me di cuenta de que tiene usted sobre la mesa una hermosa ánfora de oro. ¿Sería tan gentil de prestármela durante una noche?

Al dueño del ánfora le tintinearon los ojos.

– ¡Cómo no! –repuso con gesto de gratitud.

Y entró en su casa para salir con el ánfora que el otro le había pedido prestada.

– Gracias, vecino.

– Adiós.

– Adiós.

Pasó aquella noche, y también la siguiente, y el dueño del ánfora no se atrevía a llamar a casa de su vecino para pedirle que se la devolviera. Sin embargo, transcurrida una semana, no pudo resistir su ansiedad y fue a reclamar el ánfora a su vecino.

— ¿El ánfora? —dijo el vecino—; pero ¿no se ha enterado?

—¿De qué?

— Murió en el parto.

— ¿Cómo que murió en el parto?

— Sí, el ánfora estaba embarazada y, durante el parto, murió.

— Dígame, ¿usted cree que soy estúpido? ¿Cómo va a estar embarazada un ánfora de oro?

— Mire, vecino. Usted aceptó el embarazo y el parto de la olla. Aceptó también la boda y la descendencia del destornillador y la pinza. ¿Por qué no habría ahora de aceptar el embarazo y la muerte del ánfora?

— *Si yo compartiera más generosamente, me podría encontrar también con sorpresas como...*

— *El deseo de que mis bienes aumenten en mi vida...*

— *Quizá también yo tengo mis artimañas para conseguir del vecino...*

La creación de la felicidad

En cierta ocasión se reunieron todos los dioses y decidieron crear al hombre y a la mujer. Y planearon hacerlo a su imagen y semejanza. Entonces uno de ellos dijo:

– Esperen; si vamos a hacerlos a nuestra imagen y semejanza, van a tener un cuerpo igual al nuestro, y una fuerza y una inteligencia iguales a las nuestras. Debemos pensar en algo que los diferencie de nosotros; de lo contrario, estaríamos creando nuevos dioses. Debemos quitarles algo; pero ¿qué les quitamos?

Después de mucho pensar, uno de ellos dijo:

– ¡Ya sé! Vamos a quitarles la felicidad. Aunque el problema va a ser dónde la escondemos para que no la encuentren jamás...

Propuso el primero:

– Vamos a esconderla en la cima del monte más alto del mundo.

A lo que inmediatamente repuso el segundo:

– No, recuerda que les dimos fuerza; alguna vez alguien subirá y la encontrará; y si la encuentra uno, ya todos sabrán dónde está...

Luego propuso otro:

– Entonces vamos a esconderla en el fondo del mar.

Y otro replicó:

– No, recuerda que les dimos inteligencia. Alguna vez alguien construirá una esquina por la que pueda entrar y bajar, y entonces la encontrará.

Otro más dijo:

– Escondámosla en un planeta lejano a la Tierra.

Y le dijeron:

– No, recuerda que les dimos inteligencia, y un día alguien construirá una nave en la que puedan viajar a otros planetas, y la descubrirán; y entonces todos tendrán felicidad y serán iguales a nosotros.

Y el último de ellos era un Dios que había permanecido en silencio escuchando atentamente cada una de las propuestas de los demás dioses. Tras analizar en silencio cada una de ellas, rompió el silencio y dijo:

– Creo saber dónde ponerla para que realmente nunca la encuentren.

Todos se sorprendieron y preguntaron al unísono:

– ¿Dónde?

– La esconderemos dentro de ellos mismos. Estarán tan ocupados buscándola fuera que nunca la encontrarán.

Todos estuvieron de acuerdo, y desde entonces ha sido así. El hombre se pasa la vida buscando la felicidad sin saber que la lleva consigo.

– *Donde más he buscado, donde más busco la felicidad, es...*

– *Y, sin embargo, reconozco que donde más he encontrado la felicidad ha sido...*

– *Podría aún buscar más mi felicidad en...*

55

La prueba del noventa y nueve

Érase una vez un rey muy triste, el cual tenía un criado que, como todo criado de rey triste, era muy feliz.

Todas las mañanas despertaba al rey y le llevaba el desayuno cantando y tarareando alegres canciones de juglares. En su distendida cara se dibujaba una gran sonrisa, y su actitud ante la vida era siempre alegre y despreocupada.

Un día, el rey lo mandó llamar.

– Paje –le dijo–, ¿cuál es el secreto?

– ¿Qué secreto?, majestad.

– ¿Cuál es el secreto de tu alegría?

– No hay ningún secreto, majestad.

– No me mientas, paje. He ordenado cortar cabezas por ofensas menores que una mentira.

– No os miento, majestad. No guardo ningún secreto.

– ¿Por qué estás siempre alegre y feliz, eh? ¿Por qué?

– Señor, no tengo razones para estar triste. Su majestad me honra permitiéndome atenderle. Tengo a mi esposa y a mis hijos viviendo en la casa que la corte nos ha asignado. Nos visten y nos alimentan y, además, su majestad me premia de vez en cuando con algunas monedas para darnos algún capricho. ¿Cómo no voy a ser feliz?

– Si no me dices tu secreto ahora mismo, te haré decapitar –dijo el rey–. Nadie puede ser feliz por las razones que me has dado.

– ¡Pero, majestad, no hay ningún secreto...! Nada me gustaría más que complaceros, pero no hay nada que os esté ocultando...

– ¡Vete, vete antes de que llame al verdugo!

El criado sonrió, hizo una reverencia y salió de la habitación.

El rey estaba como loco. No conseguía explicarse por qué aquel paje era tan feliz viviendo de prestado, usando ropa vieja y alimentándose de las sobras de los cortesanos.

Cuando se calmó, llamó al más sabio de sus consejeros y le explicó la conversación que había mantenido aquella mañana.

– ¿Por qué ese hombre es feliz?

– Lo que sucede, majestad, es que él está fuera del círculo.

– ¿Fuera del círculo?

– Así es.

– ¿Y eso le hace feliz?

– No, señor. Eso es lo que no le hace infeliz.

– A ver si lo entiendo: ¿estar en el círculo te hace infeliz?

– Así es.

– ¿Y él no está?

– Exacto.

– ¿Y cómo ha salido?

– Nunca ha entrado.

– ¿Qué círculo es ese?

– El círculo del noventa y nueve.

– Realmente, no entiendo nada...

– Sólo podríais entender si me dejarais mostrároslo con hechos.

– ¿Cómo?

– Dejando que vuestro paje entre en el círculo.

– Pues obliguémoslo a entrar.

– No, majestad. Nadie puede obligar a nadie a entrar en el círculo.

– Entonces habrá que engañarlo.

– No hace falta, majestad. Si le damos la oportunidad, entrará por su propio pie.

– Pero ¿él no se dará cuenta de que eso significa convertirse en una persona infeliz?

– Sí, se dará cuenta.

– Entonces no entrará.

– No podrá evitarlo.

– ¿Dices que se dará cuenta de la infelicidad que le causará entrar en ese ridículo círculo y, aun así, entrará en él y no podrá salir?

– Así es, majestad. ¿Estáis dispuesto a perder un excelente sirviente para poder entender la estructura del círculo?

– Sí.

– Muy bien. Esta noche pasaré a buscaros. Deberéis tener preparada una bolsa de cuero con noventa y nueve monedas de oro. Ni una más ni una menos.

– ¿Qué más? ¿Llevo a mis guardias, por si acaso?

– Sólo la bolsa de cuero. Hasta esta noche, majestad.

– Hasta esta noche.

Así fue. Aquella noche, el sabio pasó a recoger al rey. Juntos llegaron a escondidas a los patios del palacio y se ocultaron junto a la casa del paje. Allí esperaron el alba.

Dentro de la casa se encendió la primera vela. El sabio ató a la bolsa de cuero un mensaje que decía: «Este tesoro es tuyo. Es el premio por ser un buen hombre. Disfrútalo y no le digas a nadie cómo lo has encontrado».

Después ató la bolsa a la puerta de la casa del criado, llamó y volvió a esconderse.

Cuando el paje salió, el sabio y el rey espiaban lo que ocurría desde detrás de unos matorrales.

El sirviente abrió la bolsa, leyó el mensaje, agitó el saco y, al oír el sonido metálico que salía de su interior, se estremeció, apretó el tesoro contra su pecho, miró a su alrededor para comprobar que nadie le observaba y volvió a entrar en su casa.

Desde fuera se oyó cómo el criado atrancaba la puerta, y los espías se asomaron a la ventana para observar la escena.

El criado había tirado al suelo todo lo que había sobre su mesa, excepto una vela. Se había sentado y había vaciado el contenido del saco. Sus ojos no podían creer lo que estaban viendo.

¡Era una montaña de monedas de oro!

Él, que nunca había tocado ninguna, tenía ahora toda una montaña.

El paje las tocaba y amontonaba. Las acariciaba y hacía que la luz de la vela brillara sobre ellas. Las juntaba y las desparramaba, haciendo pilas con ellas.

Así, jugando y jugando, empezó a hacer montones de diez monedas. Un montón de diez, dos montones de diez, tres montones, cuatro, cinco, seis... Hasta que formó el último montón... ¡y era de nueve monedas!

Primero su mirada recorrió la mesa, buscando una moneda más. Después miró el suelo y, finalmente, la bolsa.

«No puede ser», pensó. Puso el último montón al lado de los otros y comprobó que era ligeramente más bajo.

– ¡Me han robado! –gritó–. ¡Me han robado! ¡Malditos!

Volvió a buscar sobre la mesa, por el suelo, en la bolsa, en sus ropas, en sus bolsillos, debajo de los muebles... Pero no encontró lo que buscaba.

Sobre la mesa, como burlándose de él, un montoncito de monedas resplandeciente le recordaba que había noventa y nueve monedas de oro. Sólo noventa y nueve.

«Noventa y nueve monedas... Es mucho dinero», pensó. «Pero me falta una moneda. Noventa y nueve no es un número completo», pensaba. «Cien es un número completo, pero noventa y nueve no».

El rey y su asesor miraban por la ventana. La cara del paje ya no era la misma. Tenía el ceño fruncido y los rasgos tensos. Sus ojos parecían haberse empequeñecido, y su boca se había contraído en un horrible rictus, a través del cual asomaban sus dientes.

El sirviente guardó las monedas en la bolsa y, mirando hacia todas partes para comprobar que no le viera nadie de la casa, escondió la bolsa entre la leña. Después tomó papel y pluma y se sentó a hacer cálculos.

¿Cuánto tiempo tendría que ahorrar para comprar su moneda número cien?

El criado hablaba solo, en voz alta.

Estaba dispuesto a trabajar duro hasta conseguirla. Después, quizá no necesitaría volver a trabajar.

Con cien monedas de oro, un hombre puede dejar de trabajar. Con cien monedas un hombre es rico. Con cien monedas se puede vivir tranquilo.

Terminó su cálculo. Si trabajaba y ahorraba su salario y algún dinero extra que pudiera recibir, en once o doce años tendría lo necesario para conseguir otra moneda de oro.

«Doce años es mucho tiempo», pensó.

Quizá pudiera pedirle a su esposa que buscara trabajo en el pueblo durante un tiempo. Y, después de todo, él mismo terminaba su trabajo en el palacio a las cinco de la tarde, de manera que podría trabajar hasta la noche y recibir alguna paga extra por ello.

Hizo cuentas: sumando su trabajo en el pueblo y el de su esposa, en siete años podría reunir el dinero.

¡Era demasiado tiempo!

Quizá pudiera llevar al pueblo la comida que les sobraba todas las noches y venderla por unas monedas. De hecho, cuanto menos comieran, más cantidad podrían vender. Vender, vender...

Estaba haciendo calor. ¿Para qué querían tanta ropa de invierno? ¿Para qué tener más de un par de zapatos?

Era un sacrificio. Pero en cuatro años de sacrificio conseguiría su moneda número cien.

El rey y el sabio volvieron al palacio. El paje había entrado en el círculo del noventa y nueve...

Durante los meses siguientes, el sirviente siguió sus planes tal como los había concebido aquella noche. Una mañana, el paje entró en la alcoba real golpeando la puerta, refunfuñando y de malas pulgas.

– ¿Qué te pasa? –le preguntó el rey con buenas maneras.

– No me pasa nada, no me pasa nada...

– Antes, no hace mucho, reías y cantabas constantemente.

– Hago mi trabajo, ¿verdad? ¿Qué quiere su majestad? ¿Qué sea su bufón y su juglar también?

No pasó mucho tiempo hasta que el rey despidió al sirviente. No era agradable tener un paje que siempre estaba de mal humor.

– *También yo podría ser más feliz conformándome con...*

– *Si trabajo para acumular, me sucede que...*

– *Se me nota mi grado de felicidad en...*

56

El barquero y el sabio

Un sabio griego hacía exploraciones por las tierras del Nilo. Muy satisfecho de su ciencia y de su filosofía, buscaba ufano por aquellas regiones oscuras los secretos que guarda la naturaleza.

En una ocasión tuvo que pasar un río y subió a una barca. El viejo barquero movía acompasadamente sus remos y miraba distraído las aguas. De pronto, el sabio le preguntó:

– ¿Sabes astronomía?

– No, señor.

– Pues has perdido la cuarta parte de tu vida. ¿Sabes filosofar?

– No, señor.

– Pues has perdido la otra cuarta parte de tu vida. ¿Sabes algo de la historia de este mundo?

– No, señor.

– Pues has perdido otra cuarta parte de tu vida.

En esto, un golpe de viento zarandeó con estrépito la barca, la cual no resistió el golpe, dio media vuelta, y los dos cayeron al agua. El barquero comenzó a nadar a grandes brazadas en busca de la orilla; el sabio se hundía sin remisión dando grandes gritos y luchando por salvarse.

Entonces el barquero le preguntó:

– ¿Sabes nadar, amigo sabio?

– No, señor.

– Pues ha perdido usted toda la vida.

– *En mi escala de valores, las cosas más importantes son...*

– *Quizás en algo tenga que reconocer que he perdido parte de mi vida...*

– *En otras cosas, creo que he acertado para dotarme de lo necesario para una vida serena...*

57

A las puertas del cielo

Sucedió que un día se reunieron en las puertas del cielo unos cuantos cientos de almas, que eran las que anidaban en los hombres y mujeres que habían muerto ese día.

San Pedro, supuesto guardián de las puertas de entrada al Paraíso, ordenaba el tráfico.

– Por indicación del Jefe, vamos a formar tres grandes grupos de huéspedes a partir de la observación de los diez mandamientos. El primer grupo, con aquellos que hayan violado todos los mandamientos por lo menos una vez. El segundo grupo, con aquellos que hayan violado por lo menos uno de los diez mandamientos alguna vez. Y el último grupo, que suponemos que será el más numeroso, con aquellos que jamás en su vida hayan violado ninguno de los diez mandamientos.

Dicho esto, prosiguió:

– Bien, los que hayan violado todos los mandamientos, pónganse a la derecha.

Más de la mitad de las almas se pusieron a la derecha.

– Ahora, de los que quedan, los que hayan violado alguna vez alguno de los mandamientos pónganse a la izquierda.

Todas las almas que quedaban se desplazaron a la izquierda. Bueno, casi todas...

De hecho, todas menos una.

En el centro se había quedado un alma que había sido un buen hombre. Durante toda su vida había recorrido el camino de los buenos sentimientos, de los buenos pensamientos y de las buenas acciones.

San Pedro se sorprendió. Solamente un alma quedaba en el grupo de las mejores almas.

De inmediato, llamó a Dios para notificárselo.

– Mira, el asunto está así: si seguimos el plan original, ese pobre hombre que se ha quedado en el centro, en lugar de beneficiarse por su beatitud, se va a aburrir como una ostra en la soledad más extrema. Me parece que tendríamos que hacer algo al respecto.

Dios se levantó ante el grupo y dijo:

– Aquellos que se arrepientan ahora serán perdonados, y sus fallos olvidados. Los que se arrepientan pueden volver a reunirse en el centro, con las almas puras e inmaculadas.

Poco a poco, todos empezaron a moverse hacia el centro.

– ¡Alto! ¡Injusticia! ¡Traición! –gritó una voz: era la voz del que no había pecado–. ¡Así no vale! Si me hubieran avisado de que iban a perdonar, no habría desperdiciado mi vida.

– *Perdonar es algo de lo más humano que se puede hacer. Yo, en relación al perdón a los demás y a mí mismo...*

– *Podría aún reconsiderar el perdón pensando en mí mismo, en relación a...*

– *Y si me animara a perdonar de veras, yo...*

La tienda de la verdad

Un hombre paseaba por las pequeñas calles de una ciudad y, como tenía tiempo, se iba deteniendo delante de algunos escaparates.

Al torcer una esquina, se encontró de pronto frente a un modesto local cuya marquesina estaba en blanco. Intrigado, se acercó al escaparate y arrimó la cara al cristal para poder mirar dentro. En el interior sólo se veía un cartel que decía: «Tienda de la verdad».

El hombre estaba sorprendido. Pensó que era un nombre de fantasía, pero no pudo imaginar qué vendían. Y entró.

Se acercó a la dependienta que estaba detrás del primer mostrador y le preguntó:

– Perdón, ¿ésta es la tienda de la verdad?

– Sí, señor. ¿Qué tipo de verdad está buscando? ¿Verdad parcial, verdad relativa, verdad estadística, verdad completa?...

Así que allí vendían verdad... Nunca se había imaginado que aquello sería posible. Llegar a un lugar y llevarse la verdad, era maravilloso.

– Verdad completa, contestó el hombre sin dudarlo.

«¡Estoy tan cansado de mentiras y falsificaciones!», pensó. «No quiero más generalizaciones ni justificaciones, engaños ni fraudes».

– ¡Verdad plena! –ratificó.

– Bien, señor, sígame.

La dependienta acompañó al cliente a otro sector y, señalando a un vendedor de rostro adusto, le dijo:

– El señor le atenderá.

El vendedor se acercó y esperó a que el hombre hablara.

– Vengo a comprar la verdad completa.

– ¡Ajá! Perdone, pero ¿sabe el señor el precio?

– No. ¿Cuál es? –contestó rutinariamente.

En realidad, él sabía que estaba dispuesto a pagar lo que fuera por toda la verdad.

– Si usted se la lleva –dijo el vendedor–, el precio es que nunca más volverá a estar en paz.

Un escalofrío recorrió la espalda del hombre. Nunca se había imaginado que el precio fuera tan alto.

– Gra... gracias... Disculpe, balbuceó.

Dio la vuelta y salió entristecido al darse cuenta de que todavía no estaba preparado para la verdad absoluta, de que aún necesitaba algunas mentiras en las que encontrar descanso, algunos mitos e idealizaciones en los que refugiarse, algunas justificaciones para no tener que enfrentarse consigo mismo...

«Quizá más adelante...», pensó.

– *Toda mi verdad me asusta en cierto sentido, porque...*

– *Si utilizara menos mentiras en relación a mí mismo y a los demás, conseguiría más salud en algún área de mi vida...*

– *¿Puede ser alguna vez la mentira «piadosa» o, más bien, tiene que ser la «verdad piadosa» siempre?*